讀品文化

讓你笑到翻過來，笑到肚子痛，笑到滿臉抽搐，笑到渾身痙攣。

保證有笑 笑到皮皮剉

ROFL
Rolling On the Floor Laughing

彭察掬◎編著

5秒讓你笑到爆！

笑到噴淚，笑到發瘋。

新奇、搞笑、KUSO、可愛、趣味！搞笑的至高境界，讓你笑到凍未條！白癡對話讓你看一次笑一次，讓你笑到趴下！

耶穌和釋迦牟尼的最大區別是什麼？

永續圖書線上購物網 讀品文化事業有限公司

WWW.foreverbooks.com.tw yungjiuh@ms45.hinet.net

達人館系列 06

保證有笑：笑到皮皮剉！

編　著　彫察掬
出版者　讀品文化事業有限公司
執行編輯　林美娟
美術編輯　林子凌

騰讯读书 BOOK.QQ.COM 华夏原创网 www.yuanchuang.com

本書經由北京華夏墨香文化傳媒有限公司正式授權，同意由讀品文化事業有限公司在港、澳、臺地區出版中文繁體字版本。
非經書面同意，不得以任何形式任意重制、轉載。

總經銷　永續圖書有限公司
TEL／(02)86473663
FAX／(02)86473660
劃撥帳號　18669219
地　址　22103　新北市汐止區大同路三段 194 號 9 樓之 1
TEL／(02)86473663
FAX／(02)86473660
出版日　2014年01月

法律顧問　方圓法律事務所　涂成樞律師
CVS代理　美璟文化有限公司
TEL／(02)27239968
FAX／(02)27239668

國家圖書館出版品預行編目資料

保證有笑 : 笑到皮皮剉! / 彫察掬編著.
-- 初版. -- 新北市 : 讀品文化, 民103.01
面 ; 公分. -- (達人館系列 ; 6)
ISBN 978-986-5808-31-0(平裝)
856.8　　102023762

目錄

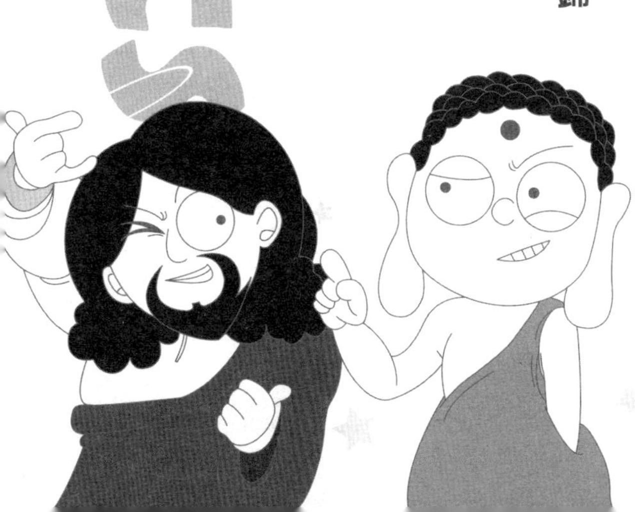

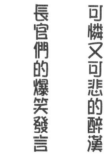

保證有笑笑到皮皮剉

ROFL
Rolling On the Floor Laughing

Chapter.01

Rofl Rolling On The Floor Laughing

最無聊的

冷笑話

釣魚

從前有個人釣魚，釣到了隻魷魚。
魷魚求他：「你放了我吧，別把我烤來吃啊。」
那個人說：「好的，那麼我來考問你幾個問題吧。」
魷魚很開心說：「你考吧！你考吧！」
然後這人就把魷魚給烤了……

康復

我曾經得過精神分裂症，但現在我們已經康復了。

左轉

一留學生在美國考駕照，前方路標提示左轉，他不是很確

定，問考官：「turn left?」

考官答：「right」

於是……就掛了……

自殺

有一天綠豆自殺從五樓跳下來，流了很多血，變成了紅豆；一直流膿，又變成了黃豆；傷口結了疤，最後成了黑豆。

真的是

小明理了頭髮，第二天來到學校，同學們看到他的新髮型，笑道：「小明，你的頭型好像個風箏哦！」

小明覺得很委屈，就跑到外面哭。哭著哭著，他就飛起來了……

保證有笑笑到皮皮剉 ROFL Rolling On the Floor Laughing

企鵝

小企鵝有一天問他奶奶，「奶奶……奶奶，我是不是一隻企鵝啊？」

「是啊，你當然是企鵝。」

小企鵝又問爸爸，「爸爸……爸爸，我是不是一隻企鵝啊？」

「是啊，你是企鵝啊，怎麼了？」

「可是，可是我怎麼覺得那麼冷呢？」

音樂

音樂課上，老師彈了一首貝多芬的曲子。

小明問小華：「你懂音樂嗎？」

小華：「懂啊！」
小明：「那你知道老師在彈什麼嗎？」
小華：「鋼琴。」

叫什麼？

提問：「有兩個人掉到陷阱裡了，死的人叫死人，活人叫什麼？」
回答：「叫救命啦！」

怕什麼？

提問：「布和紙怕什麼？」
回答：「布（不）怕一萬，紙（只）怕萬一。」

迷路

有一天，有個婆婆坐車，坐到中途婆婆不認識路了，就用棍子打司機屁股說：「這是哪？」

司機：「這是我的屁股……」

蛋的名稱

一個雞蛋去茶館喝茶，結果它變成了茶葉蛋；

一個雞蛋跑去松花江游泳，結果它變成了松花蛋；

一個雞蛋跑到了山東，結果變成了魯（鹵）蛋；

一個雞蛋無家可歸，結果它變成了野雞蛋；

一個雞蛋在路上不小心摔了一跤，倒在地上，結果變成了導彈；

一個雞蛋跑到人家院子裡去了，結果變成了原子彈；
一個雞蛋跑到青藏高原，結果變成了氫彈；
一個雞蛋生病了，結果變成了壞蛋；
一個雞蛋嫁人了，結果變成了混蛋；
一個雞蛋跑到河裡游泳，結果變成了核彈；
一個雞蛋跑到花叢中去了，結果變成了花旦；
一個雞蛋騎著一匹馬，拿著一把刀，原來他是刀馬旦；
一個雞蛋是母的，長的很醜，結果就變成了恐龍蛋。

由來

主持人問：「貓是否會爬樹？」
老鷹搶答：「會！」
主持人：「舉例說明！」

老鷹含淚：「那年，我睡熟了，貓爬上了樹……後來就有了貓頭鷹……」

中獎

倆糞金龜正在討論一直揹龜的大樂透。

甲說：「我要中了大獎就把方圓五十里的廁所都買下來，每天吃個夠！」

乙說：「你太俗了！我要是中了大獎就包一活人，每天吃新鮮的！」

香蕉

有個香蕉先生和女朋友約會，走在街上，天氣很熱，香蕉先生就把衣服脫掉了，之後他的女朋友就摔倒了……

不一樣

一個香腸被關在冰箱裡，感覺很冷，然後看了看身邊的另一根，有了點安慰，說：「看你都凍成這樣了，全身都是冰！」

結果那根說：「對不起，我是冰棒。」

棉花糖

從前有一個棉花糖去打了球打了很長時間，他突然說：「好累啊，我覺得我整個人都軟下來了……」

上大學

MM找大學迷路了。遇見一位文質彬彬的教授。

MM：「請問，我怎樣才能到大學去？」

教授：「只有努力讀書，才可以上大學。」

看不見歌詞

剛剛看師姐的電腦螢幕上方有個類似新聞捲軸的東西，上面的文字跑過得非常快。

我好奇問：「這是歌詞嗎？」

師姐：「是呀！」

我：「怎麼跑過得這麼快？都沒看清！」

師姐：「周杰倫的歌！」

狗屎

妻子：「我真是瞎了眼踩到狗屎才會嫁給你。」

丈夫：「我才真是瞎了眼踩到狗屎才會娶妳。」

狗屎：「我好倒楣喔！躺在那裡都被你們倆給踩來踩去……」

高考

高考化學題：A和B可以相互轉化，B在沸水中可以生成C，C在空氣中氧化成D，D有臭雞蛋氣味，問A，B，C，D各是什麼？

答：A是雞，B是生雞蛋，C是熟雞蛋，D當然是臭雞蛋。

比較

提問：「橡皮、老虎皮、獅子皮哪一個最不好？」

回答：「橡皮。因爲橡皮擦（橡皮差）。」

什麼東西？

提問：「三個頭一隻腳的是什麼東西？」

回答：「三個頭一隻腳的怪物！」

有道理

提問：「螞蟻去沙漠，爲什麼沙子上沒有留下牠的腳印，而只留下一條線呢？」

回答：「因爲牠騎腳踏車的！」

再問：「螞蟻從沙漠回家了，牠沒有通知任何人，但是牠家人卻知道牠回來了，爲什麼啊？」

再答：「看見牠停在樓下的腳踏車……」

恨之入骨

有一天一個女吸毒犯被抓到警局，員警看見她的手上有刺青，就問她：「妳幹嘛把妳男朋友的名字刺在手上，他叫小良是不是?他有沒有吸毒啊?快說！」

只見那個女吸毒犯抬起頭帶著憤怒的眼神對員警說：「這是恨啦……」

加油

一天，小美和她男友開車出去兜風。

車快沒油了，剛好旁邊有個加油站，開過去的時候，突然一陣狂風把她男友的帽子刮跑了。

小美的男友對她說：「我去撿帽子，妳幫我加油。」

男友剛跑開不遠，就聽到小美在他後面大喊：「加油！加油！」

緣分

一隻猩猩經過樹林，不小心踩到了長臂猿的糞便，好心的猩猩幫長臂猿打掃了一下周圍環境。

過了不久他們相愛了，別人問他們是怎麼走到一起的？猩猩回答說：「是猿糞（緣分）！」

胖子

有一個胖子，從高樓跳下，結果變成了，死胖子……

鯊魚

小明：「阿康，有一隻鯊魚吃下了一顆綠豆，結果牠變成了什麼？」
阿康：「我不知道，答案是什麼？」
小明：「嘿！嘿！答案是『綠豆沙（綠豆鯊）』，你很笨喔！」

解決方式

有個人，他腸胃不好。一天，他來到醫院看病，對醫生說：「我吃什麼拉什麼，吃西瓜拉西瓜，吃黃瓜拉黃瓜！」
醫生想了想，對他說：「我看你只有吃屎了！」

撞不到

飛機上，一位空中小姐問一個小女孩說：「爲什麼飛機飛這麼高都不會撞到星星呢？」

小女孩回答到：「我知道，因爲星星會閃啊！」

食人族

Q：「非洲食人族的酋長吃什麼？」

A：「人啊！」

Q：「那有一天，酋長病了，醫生告訴他要吃素，那他吃什麼？」

A：「吃植物人！」

香腸

冰箱裡有兩根香腸，過了很久，一根根香腸抖了一下，「哇！好冷啊！」另一根香腸十分驚奇地說，「咦？你是香腸怎麼會說話？」

採水果

有一天，老師帶一群小朋友到山上採水果，她宣佈說：「小朋友，採完水果後，我們統一一起洗，洗完可以一起吃。」

所有小朋友都跑去採水果了。

集合時間一到，所有小朋友都集合了。

老師：「小華，你採到什麼？」

小華：「我在洗蘋果，因爲我踩到蘋果。」
老師：「小美妳呢？」
小美：「我在洗番茄，因爲我踩到番茄。」
老師：「小朋友都很棒哦！那阿明你呢？」
阿明：「我在洗布鞋，因爲我踩到大便。」

答案

老師在課堂上對小明提問，小明站起來卻一聲不吭。
老師：「小明？」
老師：「小明？」
老師：「小明！你怎麼回事啊？你到底知不知道答案啊？好歹吱一聲啊！」
小明：「吱……」

五毛

據說五毛與五毛的婚姻是最牢固的，因爲它們能湊一塊！

大杯

提問：「如何讓飲料變大杯？」

回答：「念大悲咒。」

冷死了

從前有一隻鳥，他每天都會經過一片玉米田，但是很不幸的，有一天那片玉米田發生了火災，所有的玉米都變成了爆米花，小鳥飛過去以後，以爲下雪，就冷死了……

人死後

自然課老師問：「爲什麼人死後身體是冷的？」

沒人回答。

老師又問：「沒人知道嗎？」

這時，有個同學站起來說：「那是因爲心靜自然涼。」

原來

三隻小兔拉便便，第一隻是長條的，第二隻是圓球的，第三隻居然是三角形的。

問，牠答：「我用手捏的。」

傻孩子

有一天小強問他爸爸：「爸爸，我是不是傻孩子啊？」

爸爸說：「傻孩子，你怎麼會是傻孩子呢？」

看主人

小明回家時，隔壁的狗突然跑出來咬他，他一氣之下拿起竹子要打牠，狗的主人看到小明打他的狗，就不高興的說：「打狗也要看主人，沒聽過嗎？」

這時小明就說：「好！我會一邊看著你，一邊打你家的狗。」

沒用

蟲蟲：「小花，你用我的鉛筆了嗎？」

小花：「沒有，我沒用。」

蟲蟲：「你真沒用？」

小花：「我真沒用！」

蟲蟲：「唉，你是第十七個承認自己沒用的人了。」

太輕

提問：「螞蟻從喜瑪拉雅山上摔下來後是怎麼死的？」

回答：「餓死的。因爲太輕，所以飄下來要很久……」

馬的名稱

從前，有一隻馬，牠跑著跑著就掉進了海裡。所以，牠變成了一隻「海馬」。

這隻馬的另外一隻馬朋友，爲了要去找掉到海裡的馬，結果卻掉到河裡。後來，牠就變成「河馬」。

第三隻馬是隻白馬。牠爲了要找失蹤的兩個朋友，來到了交通混亂的城市。牠連續被好幾台車子給輾過，使得身上出現好幾條黑條紋，結果牠變成了「斑馬」。

第四隻馬爲了找尋前面三個同伴，有一天，牠來到一間工廠，結果被改造成「鐵馬」。

後來，那些馬還是難逃被吃的命運，通通被作成了「沙其馬」……

最後，爲了紀念這個笑話，有人將它編訂成課，我們叫它「馬賽課」！

還債

小明欠地下錢莊二十萬，小明苦苦哀求他多寬限幾天，錢莊的人說：「明天一定要還，不然的話，剁掉兩隻手指；後天的話，再剁四隻；第三天的話……」

小明：「是不是不用還了。」

錢莊的人：「錯，到時候你就變成小叮噹了。」

不夠

有個人一天碰到上帝，上帝突然大發善心打算給那人一個願望，上帝問：「你有什麼願望嗎？」

那個人想了想說：「聽說貓都有九條命，那請您賜給我九條命吧！」

上帝說：「你的願望實現了！」

一天，那個人閒著無聊，想說去死一死算了，反正有九條命嘛！於是就躺在鐵軌上。

結果一輛火車開過去，那人還是死了。

這是爲什麼呢？

因爲那台火車的車廂有十節……

好消息

一個傢伙到醫院去檢查，並做了許多測試。

醫生說：「有好消息、也有壞消息！看過你的測試結果後，我發現你有潛在的同性戀傾向！而且難以根治！」

這個傢伙說：「我的天啊！那好消息呢？」

醫生靦腆的說：「我發現你還蠻可愛的耶！」

嚇死

一個獵人帶著獵狗去打獵，在林子裡溜了一天都沒有獵物。天黑了，不甘心的他還是不停騎馬在林子裡轉，馬忽然說：「你都不讓我休息，想累死我啊？」

獵人聽到嚇了一跳，立刻從馬背上滾下來，拉著獵狗就逃跑，跑到一課大樹下喘氣時，狗拍拍胸口對他說：「嚇死我了，馬居然會說話！」

於是獵人當場被嚇死了……

玩遊戲

提問：「狼、老虎和獅子誰玩遊戲一定會被淘汰？」

回答：「狼。因爲：桃太郎（淘汰狼）」

好面熟

一天A拿了一面鏡子對著鏡子照了照說，這裡邊的人好面熟啊！

B說：「是嗎？我看看（接過鏡子）。我啊！我你都不認識了啊？」

番茄兄弟

番茄A和番茄B去逛街。

B問A：「我們去哪？」

A不回答。

B又問：「我們去哪？」

A還是不回答。

B又問了一次。

番茄A轉過頭對番茄B說：「我們不是番茄嗎？爲什麼我們會說話呢？」

一句話

從前，有一隻白貓和一隻黑貓。一天，白貓掉到水裡去了，黑貓把牠救了上來，然後白貓對黑貓說了一句話。

請問：這句話是什麼？

答案：是「喵」。

白問

A：「你知道我昨天晚上在網咖幹嘛嗎？」

B：「在幹嘛？」

A：「上網！」

B：「……」

噁心

兩隻蒼蠅去吃飯

小的問大的：「大哥，爲什麼我們每天都要吃屎？」

大的說：「吃飯的時候不要說這麼噁心的東西！」

草船借箭

草船行駛中。

魯肅：「這樣真的可以借到箭嗎？孔明先生？」

諸葛亮：「相信我。」

魯肅：「可是我還是有些擔心……」

諸葛亮：「沒必要。」

魯肅：「可是，你不覺得船裡越來越熱嗎？」

諸葛亮：「這麼說起來是有一點熱……有什麼不對勁嗎？」

魯肅：「是啊，我擔心敵人射的是火箭……」

諸葛亮：「哎？子敬，你會游泳嗎？我不會……」

量好再說

一動物園的猴子吃花生前都要先塞進屁股再拿出來吃。對此管理員解釋道：「曾有人餵牠吃桃子，結果桃核拉不出來，猴子嚇怕了，現在一定要量好再吃。」

駱駝

小駱：「爸爸，為什麼我們要有駝峰呢？」

駝爸：「因為沙漠中沒有水，有駝峰才可以儲存水分啊！」

小駱：「爸爸，為什麼我們要有長長的毛呢？」

駝爸：「因為沙漠中風沙大，我們必須靠它阻擋風砂，才看得見啊！」

小駱：「爸爸，為什麼我們要有厚厚的蹄呢？」

駝爸：「因爲沙漠中都是沙，這樣我們才站得穩啊！」
小駱：「爸爸，最後一個問題，那我們在動物園幹嘛呢？」

孵蛋

母雞在孵蛋，有個蛋從牠屁屁鑽出來了。
母雞：「你幹嘛？」
雞蛋：「你放屁好臭……」

名字

有個人的名字叫「杜子藤」
老師點名時問：「杜子藤呢？」
同學說：「他肚子疼。」

噁心

噁心媽媽抱著噁心哭的很傷心，爲什麼呢？

因爲噁心死了……

這裡是哪裡

有一個路人跑過去拍一個小孩子的肩膀並問他：「這裡是哪裡啊？」

小孩回答說：「這裡是我的肩膀。」

肚子餓

冬天很冷，大雪封山，一個獵人遇到一頭熊。

獵人說，我餓了，熊說，我也餓了。

最後他們都不餓了。

鋼鐵人

提問：「鋼鐵人死了變成什麼？」
回答：「鐵軌（鐵鬼）。」

數學

老師：「小明，請上來做這道二元一次方程式。」
小明：「老師，我只有一元……」

矛盾

有一次臨時想起來去游泳，順手在超市裡買了條廉價的泳褲，因爲沒有別的顏色，只有紅色。結果，沒想到泳褲褪色，我

在池子裡泡著的時候，下身滲出了一絲絲的紅色出來，蕩漾在水中……一個大叔游過我身邊，看了看我身下紅紅的「血水」，又看了看我裸露的上身，一瞬間，他的表情非常的矛盾……

溫暖

聽朋友說他大學時候有一個男孩，終於遇到了一個喜歡的女孩，倆個人剛開始交往。

一次女孩生病了，男孩陪她去醫務室打點滴。

十分鐘過去了，二十分鐘過去了，都沒有動靜。

男孩尋思要打破沉寂，就問：「冷嗎？」

「冷。」

「冷，我給你捂捂？」

女孩臉紅了，小聲地說：「好！」

然後男孩起身，用手捂住了點滴瓶。

好溫暖的故事啊……

好時機

話說小時候仗著大幾歲老是欺侮妹妹，一天晚上，爸爸過來給我們蓋被子，赫然發現三歲的妹妹直直的坐在黑暗中望著熟睡的我！

「妳怎麼還不睡覺？」爸爸問。

妹妹急忙說：「噓！小點聲，一會等她睡熟了揍她！」

破碗

刷碗沒注意，把碗摔在地上了，還好只在邊上破掉了個角，成了個小缺口。

然後繼續刷碗。右手沒注意，從缺口劃過……破了。

就想：真的有這麼快嗎？手都能弄破了。然後我用左手試了試，也破了。

心想：的確夠快，這個碗要是用來吃飯嘴不就慘了？

然後，我用嘴試了試。

於是，嘴唇，也破了……

殺價

買雙手套，老闆要三十五，我說三十我就要了，老闆不依非要三十五，講了幾個來回不肯讓步，我想想就算了，給了張五十的，他很犀利的找了我三十五……

搭訕

前幾天坐飛機，上機後發現旁邊坐一美女，根據搭訕原則，我脫口問道：「妳在哪兒下？」

尷尬

今天老闆讓我把網咖裡的一款遊戲全刪除了，我忙了一晚上。至於爲什麼要刪除呢？其實起因是這樣的。今天警察局的臨時檢查，之前已經得到過風聲，一連幾天我都當了清道夫，把十八歲以下的人統統趕出了網咖。所以遠遠的看著員警叔叔們來時，我和老闆都沒什麼緊張的。然而可惜的是。當員警叔叔們剛剛踏足進咖的大門時，網咖裡正在打這一款遊戲的一幫人正好在興奮的大叫：「員警來了！員警來了！員警都進狗洞了！兄弟們上！幹掉他

們！」好吧。我承認，那一刻，不只員警叔叔們的臉綠了，老闆和我的臉色，也綠得可怕。

座位

新年會餐，有幾張桌子是有姓名牌的，其餘的大家隨便坐。然後就聽到一女的說：「你去前面坐啊，那裡有你的牌位。」我頓時崩潰……

簡訊

有次期末考，有個同學在廁所裡發簡訊被老師抓了，但是他死活不肯供出同黨，老師非常淡定地用他的手機群發了簡訊——「來二樓男廁所拿答案。」

然後，同黨們就從四面八方趕來了，全軍覆沒……

螃蟹

姓龐的和姓謝的結婚，生的孩子叫螃蟹。

坐公車

父子二人坐公車。

兒子：「爸爸，什麼時候到啊？」

父親：「等停了就到了。」

兒子：「什麼時候停啊？」

父親：「等到了就停了。」

軟糖

從前有一顆軟糖，在街上走了很久，突然說：「我的腳好軟

哦！」

你猜

男：「妳喜歡我嗎？」
女：「你猜！」
男：「喜歡！」
女：「你再猜！」

回答問題

大學師姐，上教育心理學，遲到，走進教室，斜瞄了黑板一眼，老教授生氣中，就叫師姐回答黑板的問題。師姐支吾半天說了：《性感與性理論》，這也太難講了啦！

這時全班人仰馬翻！

（注：教授原題《論理性與感性》）

心理醫生

一個心理醫生在治療一個心理不正常的小孩。

有一天，這個小孩哭鬧著說：「我要吃蚯蚓！」

醫生聽了，便說：「爲什麼要吃蚯蚓？」

小孩說：「因爲那個是麵條。」

爲了要找出這個小孩心理不正常的原因，醫生便叫護士到外面的花園挖了兩隻蚯蚓回來。醫生說：「蚯蚓來了！你吃呀！」

小孩說：「不要！我要油炸的！」

醫生心想：「這個小孩，怎麼那麼怪！」

爲了找出他心理偏差的原因，便又叫護士去將蚯蚓油炸。炸好了，醫生端著盤子，拿給小孩，醫生說：「來，吃吧！」

小孩說：「我只要吃一條，另一條要醫生吃！」

醫生心想：「管他的，先騙他吃再說。」

小孩這時又接著說：「醫生要先吃，我才要吃！」

這下，醫生頭大了，但爲了治療這個小孩，醫生只好硬著頭皮，將其中一條蚯蚓給吃了！

突然，小孩開始嚎啕大哭，邊哭邊說：「你把我要吃的那一條蚯蚓給吃了，我不要吃了啦！」

問答

提問：「請問巧的媽媽是誰？」

答案：「熟能。（熟能生巧）」

再問：「熟能的女婿是誰？」

答案：「投機。（投機娶巧）」

改國籍

上課老師總是推薦我們一本書：「我推薦你們一本書，作者是外國人，叫張浩。」

我們驚訝啊，這年頭中國人都出國了，還國籍都改了。

然後我們都對此人表示了強烈的鄙視，堅決不買此書。

後來一同學說：「那個外國人叫John Hull……」

警察臨檢

有一對男女朋友，他們開車去酒吧喝酒，喝完後，在開車回家的路上，被員警臨檢了，員警叫他們搖下車窗，然後聞一聞，問說：「你們車上怎麼有酒味?」

男生答：「沒有啊！我們車上只有兩位而已，哪裡有九位

（酒味）？」

然後……

修鞋的人

我認識一個修鞋的人，他常在東城出沒，所以很多年後他有個綽號叫「東鞋」。後來，東鞋吸毒了……

筆名

話說我們這邊的理髮店，找師傅剪完，都會收到師傅的名片，這一天，我同小魚去剪髮，剪完師傅遞來張名片，說，下次電話預約吧。

小魚低頭一看，說，喲，筆名不錯。

師傅一頭霧水，我仔細一看，上面寫著：髮型總監：XXX

（週一休）。

英語對話

一個剛去國外的留學生在國外的高速公路上出車禍了，連人帶車翻下懸崖，交警趕到後向下喊話道：「How are you？」（你還好嗎？）

留學生答：「I'm fine，thank you！」（我很好，謝謝你）然後交警走了，留學生就死了。

個性

一個雪糕在路上走，走著走著突然說，我好冷啊！

一個指南針在路上走，走著走著突然說，我怎麼找不著北啊？

一個大便走在路上，走著走著，突然想拉屎，於是跑去買衛生紙……

一個可樂罐在路上走，走著走著感覺很無聊，突然說，我好渴啊！

一個暖氣在路上走，順手幫助了路人，走著走著突然說，我好熱心啊！

一個鑰匙在路上走，走著走著突然說，我是屈原啊！吾將上下而求鎖啊！

一個電錶在路上走，走著走著突然說，我是文人啊！眾裡尋他千百度啊！

一個茶葉包在路上走，走著走著突然說，我好想被人泡啊！

一個餃子餡在路上走，走著走著突然說，我好想被人包啊！

一個打火機在路上走，走著走著突然說，我的肚子裡全是氣，想發火啊！

一顆洋蔥在路上走著走著，她就哭了……

改變

湘北的流川楓在神奈川的名聲很響，一半是因爲籃球打的好，另一半是因爲該人，實在是太酷了。此君對所有人一視同仁不假辭色，不要說笑容難得奉送一個，便是說起話來也是能用兩個字就堅決不用三個字。

某日在英語課上新來的老師誤打誤撞要流川同學起立朗讀課文一篇，流川同學一看課文，有上百字之多，這如何表達，便搖了搖頭：「不會。」

年輕老師想起念過的教育心理學，親切鼓勵：「沒關係，大膽地念。」

流川不耐煩起來，據實以告，「太長。」

老師猝不及防愣在當場，想發作又恐失去風度，耐下心來說，「那你念一段好了，剩下的讓後面的同學念。」

流川拿起書，念了一句：「Lesson Two.」念罷朝老師點點頭，坐下了。

教室裡盲目崇拜的小女生倒下一片，這怎一個酷字了得？

一來二去，男生們不免怨聲載道，這流川楓無節制地耍酷，搞得本校外校神奈川各中學的小女生們人心惶惶、魂不守舍，視其他男生若無物，長此以往哪還有大家的活路？

陵南的仙道乃是神奈川另一大帥哥，不過採取和流川截然相反的風格，親切開朗，助人爲樂，周圍的人如沐春風。

一日和同學課餘打混，又聽得兄弟們紛紛抱怨流川，仙道仔細聽聽，發現在流川眾多讓人吐血的行爲裡，別的不提，最可恨的便是這惜字如金的作風。

仙道頗不以爲然：「這有什麼？他是湊巧沒碰上需要多多說話的機會而已。」他話音剛落，立刻有好事的人設了賭局，打賭看仙道能不能讓川變得非常饒舌。很沒有面子的，仙道贏的賠率是一賠十。仙道微笑：「原來大家對我這麼沒信心。」

有幾個意志薄弱的傢伙在仙道柔和的壓力下幾乎將錢壓在仙道贏那邊，但一念及流川那毫無表情的面容，猶豫再三還是壓在了仙道輸上。仙道拂袖而去。

放學的時候，流川照例來找仙道打球，冰冷冷地說，「一對一。」仙道親切地說，「我正有此意。」然後拉流川去打了一晚擡球，將流川贏了個落花流水。

第二天放學的時候，流川照例來找仙道打球，冰冷冷地說：「一對一，籃球。」

仙道非常親切地說：「我正有此意。」然後拉流川去打了一晚電腦籃球遊戲，將流川贏了個落花流水。

第三天放學的時候，流川照例來找仙道打球，冰冷冷地說：「一對一，籃球，在場地上。」仙道笑眯眯地非常親切地說，「我正有此意。」

然後拉流川去借愛知縣愛知中學的籃球場打球，結果路途遙遠只能坐長途汽車，到了愛知天已經全黑了，只好坐末班車回來。不過好在一路的風景還不錯，流川也睡得很香。

第四天放學的時候，流川照例來找仙道打球，冰冷冷地說：「一對一，籃球，場地上，在你家旁邊的小公園。」仙道開心得很：「和我想到的一樣。」

然後坐著流川的自行車一同走，途中去了超市（買晚飯便當）、海邊（吃晚飯便當）以及陵南（仙道後來想起來忘了東西在學校裡），等流川騎著自行車將仙道帶到那裡，流川已經累得快動不了了，仙道又將流川贏了個落花流水。

第五天，……

第六天，……

第七天，……

這一天放學的時候，流川照例來找仙道打球，說：「仙道，我們去打籃球吧，我今天來的路上看見一個小球場很好，也沒什麼人，只有四五個人在打球。我問了他們，他們頂多打到六點，我們可以接在他們後面用。他們說那個球場晚上的燈很亮，打到十點沒問題。你現在能走了嗎？所有要帶回家的東西都拿了嗎？明天要交的作業都做了嗎？你仔細想好了，別現在以為都做了，待會又想起來沒做。你現在想起來，還來得及和同學借個作業抄抄，回頭等回了家你再想起來，到哪裡找同學去，人家也回了家了。

你今天晚上要吃什麼？我今天不要吃太辣的，也不要吃太鹹的，最好也不太甜。今晚海邊是不能去了，我聽了天氣預報，風有七級……，……，……」

人都是被逼出來的，流川楓也可以變唐僧。

公式

一群偉大的科學家死後在天堂裡玩躲貓貓，輪到愛因斯坦抓人，他數到一百睜開眼睛，看到所有人都藏起來了，只有牛頓還站在那裡。

愛因斯坦走過去說：「牛頓，我抓住你了。」

牛頓：「不，你沒有抓到牛頓。」

愛因斯坦：「你不是牛頓你是誰？」

牛頓：「你看我腳下是什麼？」

愛因斯坦低頭看到牛頓站在一塊長寬都是一米的正方形的地板磚上，不解。

牛頓：「我腳下這是一平方米的方塊，我站在上面就是牛頓／平方米，所以你抓住的不是牛頓，你抓住的是……巴斯卡！（一牛頓／平方米＝一巴斯卡）」

叮咚

我同事的奶奶和我同事住在一起，在一個很小的小鎮上。

有天晚上，同事吃完晚飯出門了。就奶奶一個人在房間裡做做家務，休息休息。同事剛出去一會兒，奶奶就聽到電鈴聲。「叮咚」……

奶奶出去開門，打開門一看，門外一個人都沒有……

奶奶有些奇怪，出去左右看了看……還是沒看到有人

於是奶奶就進房間去了

一會兒，又聽見有人按電鈴，「叮咚」「叮咚」……

奶奶又去開門，打開門一看！

還是沒有一個人！

奶奶心想，是不是哪個小孩子和她開玩笑，又進了房間又過了一會兒，電鈴聲又響起來了……

奶奶有點慌，也有點火。她出去打開門卻發現門外還是一個人都沒有！

奶奶就進了房間，心想，是不是同事最近和誰吵架，人家來搞鬼。在接下來的時間裡，電鈴聲一直斷斷續續，但是奶奶一直呆在自己房間沒去開門。

直到……

幾個小時候，同事終於回家了。奶奶就去問他，你最近有沒

有和誰吵架？今天晚上一直有人按電鈴，可是我去開門，外面一直沒有人！都快嚇死我了！

同事仔細想啊，好像沒和誰鬧不高興啊，難道是誰家的小孩無聊搗鬼？那也沒這麼好耐心按電鈴幾個小時啊。

忽然，同事想起了什麼！只見他走向奶奶的身後桌前，拿起手機一看！

回頭說道：「我出門的時候忘了關LINE……」

再見

一天，王先生發現自己五歲的兒子小明行爲有些古怪。快到傍晚的時候，他一個人站在窗前向外揮手，口中似乎還念念有詞。

王先生悄悄走到小明身後，卻聽到小明說：「公公再見，公公再見……」

王先生向窗外一看，什麼人都沒有。一連幾天都是如此，每到這個時間，小明就站在窗前，重複著那句讓王先生毛骨悚然的話。

終於，王先生忍不住了，他把兒子叫過來，「小明，你每天這個時候都在跟誰說再見啊？」

「公公啊。」小明一臉天真。王先生一聽頭皮都炸了，「哪……哪個公公？」

「太陽公公啊！」

愛

一天，Nokia約了iPhone一起去逛街，回來之後變成了Noka和Phone。Motorola見狀大驚：「你們的i呢？」Noka和Phone小聲說：「我們聽街上有人在唱『只要人人都獻出一點i』……於是……」

吵架

屠宰場的運畜車和公車在馬路中間對上了，誰也不肯讓誰。運畜車指著公車的鼻樑說：「什麼玩意？給我讓開，你今天要在我面前裝人是不是？」

公車當人不上，反唇相譏道：「怎樣也比你強，你就知道在我面前裝畜牲！」

基因

大哥大與子母機結婚生下PHS，PHS面目可憎，信號奇差，又不能漫遊，不能互發簡訊，傷心欲絕，經ＤＮＡ檢測，才發現其親爹不是大哥大，是對講機！

八胎

一對夫婦共生八胎，依次為桂花、茶花、梅花、菊花、黃花、草花、野花，最後一個叫沒錢花。

進化

手機逛街，遇見公用電話：「你看你還帶尾巴，一看就是沒進化好！」公用電話說你：「也好不到哪，起碼我是獨立的，你卻依賴著別人走來逛去！」

有關係

職工：「今天饅頭怎麼怎麼黑？」
炊事員：「這是夜班做的。」

催眠大師

在大廳中催眠師搖動懷錶對觀眾說：「你們會感到睏意，會聽從我的話。」突然間懷錶掉在地上，催眠師大罵：「SHIT！」於是大廳臭氣熏天。

名稱

浪客說：「人們叫我浪人，好聽！」

武士說：「人們叫我武人，也好聽！」

高手說：「人們叫我高人，也很好聽！」

劍客說：「你們聊，我先走了！」

名稱2

高等數學老師說：「這學期我教高數。」

大學物理老師說：「這學期我教大物。」

類比電子老師說：「這學期我教類電。」

社會主義經濟老師說：「你們聊，我先走了。」

名稱3

北京大學的說：「我是北大的。」

天津大學的說：「我是天大的。」

上海大學的說：「我是上大的。」

廈門大學的說：「你們聊，我先走了！」

名稱4

李宗仁將軍說：「我這人，有仁！」
傅作義將軍說：「我這人，有義！」
左權將軍說：「我這人，有權！」
霍去病將軍說：「你們聊，我先走了！」

名稱5

老張家的門是柳木做的，老張說：「我家的門是木門。」
老李家的門是塑膠做的，老李說：「我家的門是塑門。」
老王家的門是磚頭做的，老王說：「我家的門是磚門。」
老劉家的門是鋼做的，老劉說：「你們聊，我先走了！」

名稱6

白色的玉說：「我叫白玉。」

碧綠色的玉說：「我叫碧玉。」

紅色的玉說：「我叫紅玉。」

杏色的玉說：「你們聊，我先走了！」

名稱7

師範學院的學生說：「我是『師院』的。」

鐵道學院的學生說：「我是『鐵院』的。」

職業學院的學生說：「我是『職院』的。」

技術學院的學生說：「你們聊，我先走了！」

錄音

「滬市！滬市！我是深市！我方傷亡慘重！幾乎全軍覆沒！你方損失如何？」

「深市！深市！我是滬市！我軍已全部陣亡！這是錄音，不用回覆！」

不同

耶穌和釋迦牟尼的最大區別是什麼？

他倆頭髮一個大卷一個小卷。

字的對話

熊對能說：「窮成這樣啦，四個熊掌全賣了。」

兵對丘說：「兄弟，踩上地雷了吧，兩腿都沒了。」
王對皇說：「當皇上有什麼好處，你看，頭髮全白了。」
口對回說：「親愛的，都懷孕這麼久了，也不說一聲。」
果對裸說：「哥們兒，你穿上衣服還不如不穿。」
比對北說：「夫妻何必鬧離婚呢？」
巾對幣說：「戴上博士帽就身價百倍了。」
臣對巨說：「一樣的面積，但我是三室兩廳。」
日對曰說：「該減肥了。」
馬對罵說：「給你兩張嘴被你用來說粗話的！」
呂對侶說：「還是有人陪不孤獨啊！」
門對悶說：「把心關在家裡的感覺不舒服吧？」

好心人

有個人正在崎嶇的鄉間公路上開著車，突然遇到一個年輕人在拚命的奔跑，三隻碩大的狗嚎叫著緊追不捨。於是那人來了個剎車，向年輕人喊道：「快上來！快上來！」

年輕人喘著粗氣說：「謝謝！您太好了，別人看我帶了三隻狗，都不願意讓我搭車。」

洗米

阿月要親自下廚煮飯，問正在打麻將的母親：「要洗多少米？」媽媽沒有聽到阿月的問話，一面將手裡的牌打出，一面說到：「九筒！」結果那一鍋飯讓她們家足足吃了一星期。

麻辣燙

晚上去吃麻辣燙，挑的正高興，一小姐突然在身後問：「請問哪個是生菜？」

老闆回答：「沒下鍋前他們都是啊……」

方法

某當紅小說家和粉絲聊天時談到自己用胡蘿蔔治夜盲症的方法。

「先給兔子吃，然後我再吃兔子！」

講故事

父親給兒子講故事：「從前有一隻青蛙……」

兒子：「有科幻故事嗎？」

父親：「從前在太空裡有一隻青蛙……」

兒子：「有限制級的嗎？」

父親：「噓，小聲點，別讓你媽聽見。從前有一隻沒穿衣服的青蛙……」

專業

從前有一個人，他有一個女朋友。他比世界上任何一個人都愛她。可是有一天，他女朋友無情的離開了他，甚至連一個理由都沒給他。看著自己的女朋友跟別人挽著手逛街，他痛不欲生，失去了理智。終於有一天他把女朋友殺了。

本來他打算殺了她以後自殺的。可是將死之時才感到生命的可貴。從此以後他天天被噩夢困擾，夢境中他女朋友赤身露體，披

頭散髮，紅舌垂地，十指如鉤來向他索命。

噩夢把他折磨的形如銷骨，一天他找來一個道士已求擺脫。

道士要他做三件事：第一，把他女朋友的屍體好好安葬。第二，把他女朋友生前穿的睡衣燒掉。第三，把藏起來的血衣洗乾淨。

所有的事情必須在三更之前完成，要不就會有殺身之禍！

他遵照道士的囑咐把所有的事情都做的很仔細，可是那件血衣卻怎麼也找不到了。馬上就要三更了，豆大的汗珠從他臉上滴下來把地毯都打濕了。在將要三更的時候他找到了那件血衣，可是不管怎麼怎麼搓就是洗不掉。

這時候忽然狂風大作，電閃雷鳴。窗戶被狂風拍打的左右搖曳，玻璃的碎裂聲讓人更加心驚肉跳，突然所有的燈全滅了，整個屋子一片漆黑。閃電中，只見他女朋友穿著染滿鮮血的睡衣，眼睛裡滴著血，滿臉猙獰的指著他厲聲道：「你知道爲什麼洗不掉血跡嗎？？」他被嚇呆了一句話說不出。

女朋友繼續道：「因爲你沒有用一匙靈強效濃縮洗衣精，笨蛋。」

可怕

夜已經很深了，一位計程車司機決定再拉一位乘客就回家，可是路上已經沒多少人了。

司機沒有目的的開著，發現前面一個白影晃動，在向他招手，本來寧靜的夜一下子有了人反倒不自然了，而且，這樣的情況不得不讓人想起了一種，人不想想起的東西，那就是鬼！

可是最後司機還是決定要載她了，那人上了車，用淒慘而沙啞的聲音說：「請到火葬場。」司機打了一個冷顫。難道她真

是……他不能再往下想，也不敢再往下想了。他很後悔，但現在只有盡快地把她送到。那女人面目清秀，一臉慘白，一路無話，讓人毛骨悚然。司機真無法繼續開下去，距離她要去的地方很近的時候，他找了個藉口，結結巴巴地說：「小姐，真不好意思，前面不好調頭，妳自己走過去吧，已經很近了。」那女人點點頭，問：「那多少錢？」司機趕緊說：「算了，算了，妳一個女人，這麼晚來這裡也不容易，算了！」「那怎麼好意思。」「就這樣吧！」司機堅持著。

那女人拗不過，「那，謝謝了！」說完，打開了車門……

司機轉過身要發動車，可是沒聽到車門關上的聲音，於是回過了頭……

那女人怎麼那麼快就沒了？他看了看後座，沒有！車的前邊、左邊、右邊、後面都沒有！難道她就這樣消失了？

司機的好奇心使他就想弄個明白，他下了車，來到了沒有關上的車門旁，「那個女人難道就這麼快的走掉了，還是她就是……」他要崩潰了，剛要離開這裡，一隻血淋淋的手拍了他的肩膀，他回過頭，那女人滿臉是血的站在他的面前開口說話了。「師傅！請你下次停車的時候不要停在水溝的旁邊！」

靈異事件

在一個偏僻的村莊，一條羊腸小徑上有一根筆直的電線杆，說也奇怪，常常有人在那出事。不久一對年輕男女不小心騎車撞倒，當場斃命。一天晚上，五歲的小志和他媽媽在回家路上經過那兒，小志突然：「媽媽，電線杆上有兩個人。」媽媽牽著他的手快迅速走開說：「小孩子不要亂說！」但是這件事很快就傳開了。

有一天，一個記者來採訪小志讓他帶他去看發生車禍的地

方，小志大大方方的領他走到那，記者問：「在哪？」小志指指上面，記者抬頭一看，電線杆上掛著個牌子，上面寫著：「交通安全，人人有責！」

誰最慘

有一天三個鬼他們在逛街的時候遇到了上帝！他們對上帝說，他們都說死得很慘，希望讓他們上天堂！上帝很無奈地說，現在天堂的住戶太多，已經爆滿。但現在還有一個名額！你們說吧，看誰死得最慘，就讓誰上天堂！於是，第一個鬼說……

我生前是一個清潔工。工作很辛苦的！從早忙到晚！有一天，我正在一棟大廈外面擦玻璃！是那種吊在外面的高空危險工作！在第三十多樓！突然，我腳一滑，失足掉下去了！我想，完了！要死了！但求生本能讓我在無意識地亂抓！很幸運地，我抓住了一個陽臺的欄杆，在十三樓。我想，有救了！於是想等緩過勁後爬上去！哪知，突然有人把我的手一撥，我又掉下去了！我想，這下我真的完了！但是，我命不該絕，底下有一個帳篷接住了我，我慶幸前世肯定積了德！想等緩過勁就下去。誰知，上面掉下來一個冰箱，把我砸死了！

第二個鬼說……我生前是一個文書員。什麼都還好，我有一個老婆，很漂亮。身材很棒！但就是有點不老實。我有輕微的心臟病。有一天上班忘了帶藥，我回家去拿。一進門，看見老婆頭髮散亂、衣衫不整。肯定有鬼。於是我滿屋找，廚房也找，廁所也找，都沒找到。到了陽臺，我發現有兩隻手扒在欄杆上，我想：哪兒跑！於是把他的手一撥。心想，十三樓！看摔不死你！結果等我一看，居然沒死！被帳篷接住了！我著急，於是滿屋找，進了廚房，發現冰箱夠大，於是把冰箱扔下去。終於把他砸死了！我當時太高

興了！大笑不止。誰知笑得心肌梗塞，笑死了！

第三個鬼說……我生前是個小混混，但我沒做過什麼壞事！有一天我到一個女性朋友家裡晃！剛剛辦完事，她老公突然回來了！我得找地方藏起來。於是廚房也找，廁所也找，最後發現他們家冰箱挺大的，於是我就躲進冰箱裡去了！我就不明白，她老公怎麼知道我在冰箱裡，他居然把冰箱從十三樓給扔下去了！我就這樣連人帶冰箱摔死了！

好慘

以前打電話，號碼不像現在用按的，是用手指插進一個有洞的圓盤用撥的。話說從前從前……

小明家的電話號碼是444－4444，常常有奇怪的電話打進來……

某天午夜十二點的時候，電話響了，小明拿起話筒。電話那頭用淒慘的聲音說：「請問這裡是444—44444嗎？可不可以幫我打一一九報警？我好慘啊！……」

小明：「你去找別人幫你，不要來找我！」

那人：「我只能打電話到444—44444，沒辦法打給別人。」

小明嚇死了，趕快掛上電話，只能打到444—44444？難道是鬼？

過了一會兒電話又響了，小明不敢接，但是電話一直響……小明只好把電話接起來。

那人：「請問這裡是444—44444嗎？可不可以幫我打一一九報警？我好慘啊！……我的手指卡在電話撥孔裡！」

化妝舞會

兩位男子在萬聖節化妝舞會後走路回家……他們經過一個墓園時，一時興起要穿過此墓園。當他們走到一半時便被一聲聲「叩、叩、叩」的聲音給嚇住了。這聲音是從某個陰暗處傳出來的。他們被嚇得渾身發抖，接著他們發現有位老年人手執鑿子正在鑿一塊墓碑。其中一位男子便說：「我的天啊。先生，我們以爲你是鬼耶，這麼晚了，你在這做什麼啊？」老人罵道：「他們把我的名字拼錯了！我出來改改。」

鬼火

在一個漆黑的夜裡，一個人趕夜路，途經一片墳地。微風吹過，周圍聲音簌簌，直叫人汗毛倒豎，頭皮發麻。就在這時，他忽然發現遠處有一點紅色的火光時隱時現。他首先想到的就是「鬼火」。於是，他戰戰兢兢地揀起一塊石頭，朝亮光扔去。只見那火光飄飄悠悠地飛到了另一個墳頭的後面。他更害怕了，又揀起一塊石頭朝火光扔了過去，只見那亮光又向另一個墳頭飛去。此時，他已經接近崩潰了。於是，又揀起了一塊石頭朝亮光扔去。這時，只聽墳頭後面傳來了聲音：「媽的，誰呀?拉屎都不讓人拉痛快。一連丟了我三次。」

洋娃娃

有一個計程車司機在計程車行工作。有一天的深夜，他正開車經過一片很荒涼的地方，四周一片漆黑；忽然看見前面有一座大廈，亮著昏暗的燈。他正在奇怪這裡什麼時候起了這樣一座樓，就看到路邊有一個小姐招手要坐他的車回家，那個小姐坐上車後，他

就把車門關起來，開始開車，過了一會兒，他覺得很奇怪，爲什麼那個小姐都沒說話，結果他往後照鏡一看，哪有什麼小姐，只有一個洋娃娃坐在那裡，他嚇個半死，抓起洋娃娃往窗外丟出去，回家後就大病了三個月……

等他病好了以後，他回去計程車行工作，結果他的同事對他說：「你真不夠意思，有一個漂亮的小姐過來投訴說她上次要坐你的車，結果她才剛把洋娃娃丟進去，你就把車門關起來開走了。」

蘋果很好吃

話說在一個夜黑風高的夜晚，就在那條最長……最可怕的路上……計程車司機開過那裡……有個婦人在路旁招手要上車……

嗯……一路上……蠻安靜的……直到那婦人說話了……

她說：「蘋果給你吃……很好吃的哦……」

司機覺得很棒……就拿了……

接著吃了一口……

那婦人問：「好吃嗎？」

司機說：「好吃呀！」

婦人又回了一句：「我生前也很喜歡吃蘋果啊……」

哇，司機一聽到，嚇得緊急剎車，面色翻白……

只見那婦人慢慢把頭傾到前面，……對司機說……

「但我在生完小孩後就不喜歡吃了！」

知識講座

學校請來區裡的專家給學生上性知識講座，結果專家扯了一下午計劃生育工作進展，最後爲了增加趣味性就提到女媧造人的傳說，他問道：「誰知道女媧爲什麼要用黃土造人？」

台下無人響應，專家有點尷尬，就點了他面前的一個女生回答，女生小聲說：「是不是她不知道怎麼造人？」專家啓發道：「那她爲什麼不知道怎麼造人呢？」女生答：「是不是因爲聽了您的講座？」

遲到

某男生天生狐臭，自卑不已，每次出門都要在腋下抹好多香水遮蓋。一天他睡過頭，驚醒後來不及抹香水急忙跑去教室，本想從後門溜進去，沒想還是被逮了個正著。老師很生氣，嚴肅地說：「跟你們說多少次了不要遲到！這樣非常影響正常教學——這位同學更過分，遲到就算了，怎麼還帶了羊肉串？」

分不清

小明上小學一年級，總是分不清聲母和韻母，老師考他「耶」和「華」的聲母是哪個？小明答：「生母瑪麗亞。」

佛無常相

玄奘西行前問菩薩：「佛祖相貌如何？」菩薩笑曰：「佛無常相，但若有面如滿月、光頭闊口、身材豐盈、手持法寶者，必定是佛祖顯聖。」

玄奘默默記下了，到天竺後，四處尋找有如上特徵的人，果真讓他找到一個，玄奘激動地上前執掌躬身道：「請問尊駕可是如來佛祖？」對方說：「私はドラえもんだ！（我是機器貓！）」

產品代言人

有個女生胸很平，她一直很自卑。突然一天有家企業邀請她做產品形象代言人，她驚喜地答應了。後來才發現那家企業是做平板電視的。

樂於助人

還是那個平胸女生，她非常樂於助人，有一次一個女孩不好意思地說：「可以借妳的後背寫幾個字嗎？」她欣然同意，然後那個女生說：「還是不平，妳可以轉過來嗎？」

比　較

平胸女生家裝修房子，施工隊不太負責任，爸爸和他們吵了起來，女生過來勸架，爸爸說：「正好妳來了，快躺下——看見了嗎？這才叫平！你那磚鋪的也叫平？」

算命

小強最近諸事不順，心情很鬱悶，看到路邊有個算命攤就想算一卦。

算命老婆婆對他說：「我這兒不看手相不看面相只看腳相。」小強心想此人說不定是個世外高人，二話沒說把鞋襪都脫了下來。

老婆婆看了一會，口中低低驚呼了一聲，小強急忙詢問如何，婆婆沉吟道：「你可知道你左腳下有七顆紅痣？」小強點頭。婆婆又說道：「你又可曾聽說過『腳踏七星』乃帝王之相、天子之命？」

小強興奮得滿面通紅狂喜道：「那您看我這是什麼？」

婆婆思量了一會答道：「你這……就是有七顆痣而已。」

教育

小明放學回家一本正經地對媽媽說：「媽媽，人爲什麼要帶套子呀？」媽媽覺得眼前一陣眩暈，心想這孩子從那聽來這些亂七八糟的東西？但還是和藹地問小明：「是誰說人要帶套子呀？」

小明朗聲答道：「老師說的！」媽媽又一陣眩暈，冷靜下來又問道：「老師沒說人爲什麼帶套子啊？」

小明說：「說了！帶套子安全！」

媽媽再次眩暈，心想：也許現在學校的性教育都比較開放吧，做家長的也不能落後了。於是媽媽咬咬牙前前後後一五一十給小明惡補了一番性知識，小明聽後茅塞頓開，恍然大悟道：「原來是這樣！謝謝媽媽！不過我還是不知道別里科夫爲什麼要帶套子——媽媽沒看過契訶夫的《套中人》嗎？」

天使

有一醜女，內心非常少女，尤其喜歡風花雪月小資情懷的東西。某天，她約朋友小敘，盯著窗外搖曳叮咚的風鈴發呆，朋友笑問她要不要去醫院，她擺手作少女陶醉道：「聽說每當風鈴響起，便是有天使經過……」說完柔情萬種地盯著風鈴看，忽然一陣旋風刮過，風鈴不堪重負墜地！醜女大驚，朋友平靜地說：「別看了，天使被妳嚇到了。」

比武招親

雞蛋國大公主比武招親，方式很簡單，跳樓，誰摔不碎誰就

贏了。

二樓的時候，大部分都通過，只有幾個碎了。

三樓的時候，五成的雞蛋都碎了。

四樓的時候，九成的雞蛋都碎了。

五樓的時候，只剩下兩顆雞蛋，一顆率先跳了下去……碎了，另一顆鼓足勇氣也跳了下去……也碎了。

結果全國的雞蛋都碎了，公主只好獨身一輩子。

殺身之禍

某天小強走在路上，一位老者把他拉住說：「年青人，你印堂發黑，恐怕最近有殺身之禍！」小強不屑地說：「最煩你們這些算命的，上次還有人說我是『帝王之相』呢！」老者沒有介意他的無禮，還是提醒他：「你要小心天災！」小強根本不信轉頭就走，五分鐘後，他在自家樓下被全國的雞蛋砸死了。

烤肉時最不希望發生的事

一、肉跟你裝熟；二、木炭耍冷；三、蛤蜊搞自閉；四、烤肉架搞分裂；五、火種沒種；六、肉跟架子搞小團體；七、香腸肉跟你耍黑道；八、黑輪爆胎；九、蔥跟你裝蒜；十、玉米跟你來硬的！

數學公式

你說：我愛你　521

又說：每一天　365

結果呢＝886

題目

黃花崗起義時，開第一槍的人是誰？

（A）黃興（B）宋教仁（C）孫文（D）羅福星

第二題：

黃花崗起義時，開第二槍的人是誰？

（A）黃興（B）宋教仁（C）孫文（D）羅福星

第三題：

黃花崗起義時，開第三槍的人是誰？

（A）黃興（B）宋教仁（C）孫文（D）羅福星

這三題的答案都是（A）

因爲：「黃興朝向空中鳴了三槍，揭開了黃花崗起義的序幕！」

窮困潦倒

科大有個學生，馬上大四畢業了，依然沒有工作，沒有女友。於是，他去算命。

「你啊，將一直窮困潦倒，直到四十歲……」

學生聽了眼睛一亮，心想有轉機，於是問：「然後呢？」

「然後你就習慣這樣的生活了……」

宣傳口號

四川豬瘟時，某鄉電視臺的宣傳口號：「宰殺病豬等於自殺！」

因果關係

小時候，把「English」讀成「硬給利息」的同學現在當了銀行家；

讀成「因果聯繫」的現在成了哲學家；

讀成「硬改歷史」的現在成了院長；

我讀成「陰溝裡洗」，結果今天成了賣菜的！

感覺如何

有一個貨車，車上載有一隻狗、一隻貓、和一匹馬。司機開著車在公路上飛馳著。突然司機發現前方有一個大石頭，由於躲閃不及……車翻了。

沒多久便有人報了案。

員警來一看：「哦，好可憐的小貓，腿都斷了。」於是他掏出手槍了結那隻貓。然後走向那隻狗。「可憐的狗，背骨都折了。」又一槍打死了那隻狗。最後走到馬的面前說到「三條腿全斷了」又一槍打死了那匹馬。

這時候。司機掙扎著從已經摔的變了形的駕駛室裡爬出來。員警走過去問道：「先生。您感覺如何。」

司機一聽連忙踉踉蹌蹌地站了起來。「報告員警先生，我從沒感覺如此的好，現在我的感覺棒極了。」

遲到原因

軍長命令所有人去對面的山報到。

第一個人遲到了，他說：「報告隊長！我騎自行車，自行車壞了，我換汽車，汽車壞了，我騎馬，馬死了，我走來的！」

第二個人也遲到了，他說：「報告隊長！我騎自行車，自行車壞了，我換汽車，汽車壞了，我騎馬，馬死了，我走來的！」

第三個人也遲到了，又說：「報告隊長！我騎自行車，自行車壞了，我換汽車，汽車壞了，我騎馬，馬死了，我走來的！」

第四個人來了，他說：「報告隊長！我騎自行車，自行車壞了，我換汽車……」

還沒說完，軍長大聲咆哮：「你不要告訴我，汽車壞了你騎馬，馬死了你走過來！」

第四個遲到的說：「報告隊長！不是，是路上的死馬太多，車子開不過來……」

童話故事

問：童話故事中誰的胸最平？

答：小紅帽……

問：爲什麼？

答：因爲她的奶奶被狼吃了。

搜尋結果

一位女子徵婚，開出的交友條件有兩點。

一、要帥；二、要有車。

電腦去幫她搜尋的結果：象棋。

這位女子，不服搜出的結果又輸入。

一、要有漂亮的房子；二、要有很多錢。

電腦去幫她再次搜尋的結果：銀行。

此女子仍然不失望，繼續輸入條件。

一、要長得酷；二、又要有安全感。

結果搜出的結果是：鋼鐵人。

此女子仍然不失望，還繼續輸入條件。

一、要帥；二、要有車；三、要有漂亮的房子；四、要有很多錢；五、要長得酷；六、又要有安全感。

電腦去幫她再次搜尋的結果：鋼鐵人在銀行裡下象棋。

很久很久以前

好朋友剪刀、石頭、布玩了一下午的猜拳遊戲後結伴回家，走著走著……石頭注意到了路邊掉有一個油燈，就類似阿拉丁的那種神燈。

他好奇的撿起來，擦去了上面的灰塵。突然神燈的瓶口冒出了冉冉白煙，白煙裡緩緩浮現出一條神龍……但是神龍乾巴巴的，有點營養不良。

他開口了：「是誰放我出來的？」有氣無力的。

石頭說：「是我是我放你出來的。」

神龍：「喔，咳咳……那我可以給你一個願望……」

石頭：「啊？才一個哦？不是有三個嗎？」

神龍：「對不起，因爲我是半調子的神龍，你不要就拉倒……」

石頭：「好吧，那你可以把我們三個通通便成人嗎？我們過膩天天猜拳的日子了。」

神龍：「喔，我試試看。但可能只有一個能成功吧，因爲我是半調子的神龍……」

神龍咳了幾聲，分別在他們三人的身上吐了一口口水。

三人漸漸始被白煙給籠罩住了，神龍也在三字經中漸漸消失了。

等到白煙散去……

石頭還是石頭，剪刀還是剪刀，只有布不再是布，布成功變身爲人了！

在一家歡樂兩家愁的時候，剛好有人路經此地見到這一幕，就把他給紀錄了下來，

這個人是孟子。

他寫道：布成功，變成人。

接著此言流傳後世，也加入了語文教材中。

調薪

某單位貼出公告：從即日起，我單位所有工作人員工資上調四成，請於四月三十一日九點到下午五點至財務領取一到四月差缺的部分。

掛電話

電話響的時候，接起電話說：「你好，我不在！請在電話嘟完三聲後掛機或留言。」

緊接著：「嘟~~~~嘟~~~~嘟~~~~~嘟~~~~~~~你等什麼呢？都嘟了四聲了你怎麼還拿著電話？」

對方：%%—$#%@$#&（）##@#@#$%%^^

留言

電話響了，拿起電話說：「我出去了！要留言請按1，不留言請按2，有重要事情請按3，只是想和我隨便聊聊請按4，要請我吃飯請按5，要請我去卡拉OK請按6，要叫我去旅遊請按7，要和我一起去上網請按8，要和我去踢球請按9，如果你是長途就

趕快掛機……」

對方：^&**%$##@@（）$#@@#$$@！！

從前從前

從前有一位國王，他有一個美麗的女兒，也就是公主啦！

可是問題是任何東西只要被公主摸到都會融化，不管是金屬啦、木頭啦、塑膠啦，只要被她摸到，一定溶化！也因爲如此，男人們都很怕她，也沒有人敢娶她，這個國王真是絕望極了。

「要怎樣才可以幫我女兒呢？」他和巫師商量著該怎麼辦。

而其中一位巫師告訴他：「如果您的女兒摸到一樣東西，而它不會在她的手裡溶化的話，她的病便會不藥而癒了！」

這個國王聽了真是高興極了。於是第二天，他便辦了一場比賽。規則是：任何男人只要能拿到在他女兒手中不會溶化的東西，

便可以娶她的女兒，並繼承他所有的財富。

三位年輕的王子前來挑戰。第一位拿的是非常硬的鈦合金，但是，公主才剛碰到它，它就溶化了。這位王子便十分傷心地離開了……

第二位王子拿的一個巨大的鑽石，他想既然鑽石是全世界最硬的東西，一定不會溶化。可是，公主才剛碰到它，它就溶化了。這位王子也十分傷心地離開了……

第三位王子走向前告訴公主：「請把您的手放在我的口袋裡並摸摸看是什麼東西在裡面。」

這位公主遵照他的指示，把手放在他的口袋。不過她的臉卻害羞的變紅了，她摸到硬硬的東西，不過卻沒有在她的手裡溶化。

這位國王十分開心，這個王國裡的每一個人也都高興極了，

而第三位王子也如願地娶了公主，從此過著幸福快樂的日子。

問題是——在王子褲子裡的東西是什麼？

答案——XX巧克力，只溶在口，不溶在手！

售樓廣告

歡迎您購買本公司開發的濱水景觀洋房，爲更好地回報您對本大樓的大力支持，本公司將於今日起對所有購買本大樓商品房的客戶推出以下優惠政策：

一、免費辦理游泳訓練卡一張。本公司住宅爲濱水洋房，雖然景觀優美，但因無法保證洪水來臨時您所購樓層的水位高度，爲以防萬一，確保您和家人的人身安全，本著客戶第一的原則，特提供免費游泳訓練卡一張，同時對學習有困難的客戶，我公司還將爲您半價提供救生衣、橡皮划艇、水陸兩用衝鋒舟等應急救險設施。

二、免費野外極限生存培訓一次。因本公司住宅所用電力、自來水、煤氣等公用設施潛在的故障，會在一定程度上考驗您在停水、停電、停氣等環境下的生存能力，本著適者生存的原則，爲了更好提高您居住期間的生存能力，特提供免費野外極限生存培訓一次。包教包會，同時對學習有困難的客戶我公司還將爲您半價提供極限生存包一個，使用該包可在停電、停水、缺氧、高寒、高溫、高濕等惡劣環境下獨立生存一週以上。

三、免費武術培訓一次，主要培訓內容爲散打、金鐘罩、鐵頭功等，因本公司住宅可能出現的品質問題會導致房門鬆動、頂棚掉渣、電梯滑墜、外賊入侵等不確定情況發生，本公司特提供免費武術培訓一次，考慮到客戶的群體差異，對學習有困難的客戶我公司還將半價提供防身電棍、頭盔、安全氣墊等工具。

四、免費贈閱《緊急防火求生手冊》一本（精裝本，封面

二十四Ｋ鍍金設計，價值八千八百八十八元），因本公司設計一時疏忽，未能安裝必要的消防設施，爲做到防患於未然，特免費提供精裝《緊急防火求生手冊》一本，同時考慮到客戶的多層次需求，本公司將對高層（十八樓以上）客戶半價提供防火降落傘一頂，對低層客戶半價提供耐熱防火服一件。

五、免費贈閱《鄰居和諧相處三百六十招》精裝書一本，爲防止您在不經意間打噴嚏、打嗝、體內廢氣排放過程中產生的聲響所引起的陣動可能導致的同樓鄰居家的頂燈脫落、牆體開裂、水管爆噴等影響鄰裡團結的事件發生，特免費贈閱《鄰居和諧相處三百六十招》精裝書一本。考慮到鄰裡衝突的複雜性，本公司還將爲您半價提供拳擊牙套、跌打損傷噴霧劑、ＯＫ繃、紗布、紫藥水、止血繃帶、簡易球棒組等。

六、免費贈閱《家庭保健大全》精裝書一本，爲防止您在使用本住宅時因樓房品質、物業服務、房證辦理、投訴受理等環節可能給您造成的著急、上火、舊疾復發等不良症狀的發生，本公司特免費贈閱《家庭保健大全》精裝書一本，對肝火旺盛、點火就著的客戶我們還將免費贈送精美條幅《不氣歌》一幅。

七、爲防止上述條款有不周之處，本公司還將視情況隨贈手電筒、蠟燭、木柴、呼救揚聲器、煤球、水靴、雨衣、雨傘、鐵鍬、哨棒、老鼠夾、蟑螂板、蒼蠅拍、火柴、防偷窺電子狗等。

綜上，雖然我們努力爲您著想，但百密一疏，總會有不周之處，因此，我們鄭重承諾：對除上述條款所述之外的情形發生時，我們會努力爲您全力解決，我們的口號就是：沒有最好，只有更好。

這麼好的房子，您還在等什麼，趕緊買我們的房子吧。

Chapter.02

Rofl Rolling On The Floor Laughing

笑死人

不償命的廣告標語

◆江西省宜春市旅遊網廣告宣傳語：「宜春，一座叫春的城市」

◆草坪立有一牌子，第一行寫：「開展創造」，第二行寫：「性的活動」。

◆一拐角處用白粉刷的標語：「投案自首是犯罪」大吃一驚，拐彎過去接著寫道：「分子的唯一出路」。

◆殯儀館的廣告：本殯儀館服務至上，口碑載道；以往的顧客可以擔保。

◆重慶人和鎮某配種場：人和良種豬配種場。

◆動物園標語：保護野生動物就是保護我們自己！

◆鐵路旁的標語：橫臥鐵軌，不死也要坐牢。

◆在河南的國道上看見的超勁爆的一條：搶劫警車是違法的！

◆普及義務教育：養女不讀書，不如養頭豬！養兒不讀書，就像養頭驢！

◆廈門某景區：違法越界觀光，小心槍彈掃光。

◆校園裡保護草地的標語：愛我可以，但不許動手動腳。

◆警告隨地大小便者的標語：此處大小便者是豬。

◆去鬼屋玩，見門口用大紅字寫著：禁止毆打工作人員！

◆廣告說：「讀者只須附郵五元，寄至本會，便可學得皮鞋耐用之法。」於是他接到郵件回函道：「須兩步改作一步。」

◆廣告欄登出了這樣一則廣告：「上星期六晚上，在西班牙俱樂部的臺階上向我求婚的那位男士，請馬上與我聯絡，不然的話，在這個週末，我就不得不與我現在的未婚夫結婚了。」下邊是聯繫地址和電話號碼。

◆杜蕾絲廣告：致所有使用我們競爭對手產品的人們：父親節快樂。

◆豐乳產品廣告：沒什麼大不了！

◆某交通安全廣告：「請記住，上帝並不是十全十美的，它給汽車準備了備件，而人沒有。」

◆某帽子公司廣告：「以帽取人！」

◆某餃子鋪廣告：「無所不包！」

◆某藥店廣告：「自討苦吃！」

◆某石灰廠廣告：「白手起家！」

◆某當鋪廣告：「當之無愧！」

◆某理髮店廣告：「一毛不拔！」

◆某眼鏡店廣告：「眼睛是心靈的窗戶，爲了保護您的心靈，請爲您的窗戶安上玻璃。」

◆某戒菸協會廣告：「千萬別找吸菸女子做朋友，除非你願意去吻一只菸灰缸！」

◆某打字機廣告：「不打不相識！」

◆某公路交通廣告：「如果你的汽車會游泳的話，請照直開，不必剎車。」

◆某公共場所禁煙廣告：「爲了使地毯沒有洞，也爲了使您肺部沒有洞，請不要吸菸。」

◆某新書廣告：「本書作者是百萬富翁，未婚，他所希望的對象，就是本小說中描寫的女主角！」

◆某音響公司廣告：「一呼四應！」

◆某酸汁飲料廣告：「小別意酸酸，歡聚心甜甜。」

◆某汽車陳列室廣告：「永遠要讓駕照比你自己先到期。」

◆某化妝品廣告：「趁早下『斑』，請勿『痘』留。」

◆某印刷公司廣告：「除鈔票外，承印一切。」

◆某鮮花店廣告：「今日本店的玫瑰售價最爲低廉，甚至可以買幾朵送給太太。」

◆某洗衣機廣告：「閒妻良母！」

Chapter.03

Rofl Rolling On The Floor Laughing

「老衲」

「貧尼」大過招

普通版：

編輯跟某武俠作者約稿，要寫一篇既打破世俗倫理，又包含江湖門派間多年的怨恨情仇，同時情節還要扣人心懸，大有血雨腥風呼之欲來這樣的微型武俠小說。

第二天交工，全文只有十個字：「師太，你就從了老衲吧」

進化版：

小說要求：

要同時涉及三大門派。

要包含江湖門派間多年恩怨情仇，又要打破世俗倫理。

同時情節要扣人心懸，大有血雨腥風呼之欲來。令人極爲期待該小說之續集，同時留下N多懸念。

越短越好。

第二天，有人來投稿，全文只有十個字：「禿驢，竟敢跟貧道搶師太！」

編輯覆語：恩怨情仇，血雨腥風確有，且短小精悍，N多懸念，但俠骨有餘，柔情不足。雖江湖兒女，但也有柔情萬種。

第三天，修改稿：「師太，你就放棄禿驢從了貧道吧！」

編輯又語：江湖兒女，柔情盡顯，纏綿悱惻。但仍拘泥世俗倫理。

第四天，第三稿：「師太，你竟敢跟貧道搶禿驢！」

編輯三思，語：打破世俗倫理之作，血雨腥風也呼之欲來，扣人心弦，懸念N多，但總是少點什麼……

第五天，終結稿：

「和尚：『師太，你從了和尚吧！』

道長：『禿驢，竟敢跟貧道搶師太！』

師太：『和尚、道長你們一起上吧，我趕時間。』」

編輯興奮語：前無古人，後無來者之完美傑作。既有難以理清的多年門派恩怨，大有血雨腥風呼之欲來之勢；又有糾葛的俠骨柔情，既打破世俗倫理，又盡顯江湖兒女不拘小節之豪氣干雲。真是曠世巨作！

威力加強版：

皇宮寢宮深處，兩男一女，三個人影上竄下跳，接著同時跳入一片空地當中。男子手拿拂塵，瞪眼罵道：「禿驢！你好大的膽子！竟敢跟貧道搶師太！」

女子急急叫道：「哥！你淨身入宮多年，我們根本不能做夫妻，你何必苦苦相逼呢！」

說著，緊緊拉住身邊的男子：「我只愛他！心裡也只有他！」

那男子輕輕掙開女子的手，上前一步，低聲說道：「女兒！退後！看老衲今天殺了這臭道士！以報多年前的奪妻之恨！」

只見至愛的兩人，以死相拼，女子無奈長歎一聲：「你二人別爭了，九年前我已有了爺爺的骨肉！現任小皇帝是也！我的身體只屬於他，你們走吧……」

此時，一座石獅背後，閃出一衣著華美的少年，歎道：「太后，朕實乃斷袖之人，已與和尚爺爺有了龍陽之好……」說罷，眼角瞟了眼道士，便低下頭去。

手拿拂塵男子聽後，呆立半晌，黯然道：好，好，好，果然天道輪迴，因果不爽，當年我奪你妻，如今你搶我心頭之肉，枉我揮刀變性，喬爲內官，受那自宮之苦。大和尚卻彷彿沒聽見道士的話，而是沉吟著問女子：「女兒，妳說陛下是九年前與父親所出？他如今是死是活？」

「哈哈哈哈」隨著震耳的笑聲，一個衣著破爛的喇嘛從天而降，「禿驢，奪妻之仇未報，老朽怎捨得就此西去？」

完全解讀分析版：

皇宮寢宮深處，兩男一女，三個人影上竄下跳，接著同時跳入一片空地當中。男子手拿拂塵，瞪眼罵道：「禿驢！你好大的膽子！竟敢跟貧道搶師太！」女子急急叫道：「哥！你淨身入宮多年，我們根本不能做夫妻，你何必苦苦相逼呢！」說著，緊緊拉住身邊的男子：「我只愛他！心裡也只有他！」那男子輕輕掙開女子的手，上前一步，低聲說道：「女兒！退後！看老衲今天殺了這臭道士！以報多年前的奪妻之恨！」

解讀：此段信息量甚大，可以簡單得出以下幾點：

道士與和尚是情敵，兩人都鍾情於師太；

道士與師太是兄妹；

和尚與師太是父女；

道士當年搶了和尚的老婆。

以上是簡單的推論，從字面上理解不難得出，但是我們把第二點和第三點結合起來，就可以得出和尚與道士其實是父子關係，而和尚的老婆也就是道士和師太的母親，當年道士從父親手裡搶下了母親，所以現在和尚十分恨他，而如今道士又愛上了自己的妹妹師太，可是師太偏偏又鍾情於自己的父親和尚。

四版：

版本一：三角戀：賊道！爾敢和老衲搶師太！

版本二：斷臂山：賊尼！你敢和道爺搶方丈！

版本三：有外遇的斷背山：禿驢，你敢和貧尼搶道爺！

版本四：忠貞不渝的斷臂山：死賊尼！莫要破壞老衲和道爺的關係！

版本五：同門日久生情：師兄，你就從了老衲吧！

版本六：眾神皆法：賊尼！竟敢跟道爺搶神父！

版本七：情節連貫：師太，你就從了老衲吧……師太，你就饒了老衲吧……

其他版：

老衲失禮了，師太該你了。

師太，你是我心中的魔，貧僧離你越近，就離佛越遠……

Chapter.04

Rofl Rolling On The Floor Laughing

可憐

又可悲的醉漢

醉漢

一個醉漢被交警扣留，律師前來保釋。

律師質問交警：「一個人跪在馬路中間就能證明他喝醉了嗎？」

交警答曰：「不能，但他要把馬路中間的那條白線卷起來。」

不應該

年輕人半夜抄近路回家，掉進新挖好的墳穴裡。一個醉漢搖搖晃晃闖進墳場，聽到墳穴下面有人呼叫：「我在這裡快要凍僵了。」醉漢：「我說呢！你把蓋在身上的土踢開了，能不凍僵嗎？」

計算

一個人喝醉了酒，走在路上。他突然把頭轉向一個路人，問：「我頭上有幾個包？」那個人說：「五個。」他說：「啊哈，我離我們家還有四個電線杆的路程。」

聽話

妻：「你怎麼用吸管喝酒呢？」

夫：「是的！醫生不是叫我離酒遠點嗎？」

閒聊

兩個酒鬼閒聊。

「我真該死。我把曾結過婚的事告訴了老婆。」「我更該死！我酒後失言，把我打算再結婚的想法也說給我老婆聽了。」

名言

某醉漢名言：半斤酒，漱漱口；一斤酒，照樣走；斤半酒，扶牆走；兩斤酒，牆走我不走。

先見之明

醉漢被人送到醫院。準備手術時發現他衣服裡別著一張字條，上面寫著：「敬愛的醫師：我不過是喝多了點，只要讓我睡一會兒就好了，可別再打我盲腸的主意，要知道，你們已經取過兩次了。」

打不中

「我要是醉成你這個樣子，我就開槍打死自己！」「廠長閣下，您要是醉成我這個樣子，您肯定打不中自己，因爲您一定會連槍都拿不穩。」醉漢反駁道。

猜半天

醉漢看有個裝滿東西的麻袋。就用腳踢個不停嘴裡咕嚕著這到底是什麼東西呀，小偷被踢得受不了了就說了一句：「冬瓜」，那醉漢聽了又狠狠地踢了一腳說了一句：「該死的冬瓜讓老子猜了半天。」

預備

小酒館柱子上綁著一個暴跳如雷的年輕人。

「喂，這是怎麼回事？」「他喝醉了酒鬧事。」老闆回答。

「老闆，請你再準備一根繩子吧。」

標準

「爲什麼不自我約束一下呢？在酒瓶上畫線，不超過這一條線，不是很好嗎？」「是啊！這種辦法我也實施過……可是，畫線的地方遠得很，還沒有喝到那地方，我就已經醉得不省人事了！」

超速

一醉漢超速駕車，巡警截住他，正要盤問，醉漢趁機跳上車

跑了。次日，巡警找到醉漢：「先生，請你把警車還給我，你的車已經停在門口了。」

高手

醉漢走到自動販賣機前，他一次又一次地投入硬幣，直到他面前出現了一大堆餡餅。售貨員問：「這麼多怎麼還不夠嗎？」醉漢大聲嚷道，「我正走運，我老是贏！你竟想讓我罷手？」

穿過去

一個醉漢手握著酒瓶搖搖晃晃地撞在一位行人身上。行人很不高興地說：「你沒有眼睛嗎？怎麼看不見人？」

「恰恰相反，我把你看成兩個人啦，我是想從你倆中間走過去。」

醉漢

醉漢兩隻耳朵全是水泡。「該死的，我老婆把燒燙了的熨斗放在電話機旁，鈴聲一響，我錯把熨斗當聽筒了。」「那另一邊又是怎麼搞的？」醉漢眼睛一瞪：「這邊燙痛了不要換一邊嗎？」

鬥牛士

一鬥牛士在鄉間喝醉酒後，抄近路趕往賽場，已有一頭公牛臥在場上。鬥牛士馬上握住雙角與之劇烈搏鬥，最後公牛落荒而逃。事後鬥牛士對朋友們說：「剛才我喝得的確多了一點，不然非把自行車上的那小子拽下來不可！！」

幾點鐘

一醉漢攔住路人問幾點鐘。別人告訴他已經是晚上十一點了。醉漢搖搖晃晃他說：「真奇怪，怎麼我問每一個人的時間都不同？」

開門

凌晨，醉漢摸索了半天，也沒能把鑰匙插入到鎖眼裡。巡警看見此景後問他：「先生，需要我幫你嗎？」「那太好了，老夥計，」醉漢高興地說，「你只需要幫我把房子抓住，別讓它搖晃就行了，別的事我自有辦法。」

營業時間

夜班接線員，一夜連續十次接到同一個男人打的一句醉話：「請問酒店的酒吧間什麼時候開門？」接線員第十一次聽到這話時氣壞了，沒好氣地說：「記住，蠢貨，早上九點開門！」「早點開門吧。」醉漢哀求說，「我被鎖在酒吧裡了，我想離開呀！」

自以為了不起

某酒吧凡有客人鬧事，就把猩猩放出來抓其出去丟在停車場上。一位農夫醉，只好把猩猩放出來，酒吧的人只聽乒乒乓乓亂響。過了好一會兒，農夫歪歪斜斜地走進來說：「…有的人…哼！只不過穿了件皮大衣，就自以爲了不起！」

取消規定

在酒吧間，兩個老朋友相遇了。「你在這裡幹什麼？醫生不是不許你再喝酒了嗎？」「是的。可是要知道，那個醫生不久前已經去世了。」

新聞

一個醉漢打電話去問報社，爲什麼沒有發表他親戚的新聞，善於處理難題的編輯耐心地請他打開當天報紙，然後問：「你看報紙裡還有空白位置發表你親戚的新聞嗎？」「沒有。」醉漢回答說。「那就是爲什麼沒有發表的原因。」

動物園

兩個醉鬼跌跌撞撞地走進動物園，來到獅子籠前看獅子。突然，籠內的巨獸對著他們發出了可怕的吼聲。「喂，我們走吧！」其中一個人膽怯地說。「要走你自己走，」另一個說，「我正在欣賞精采的電影呢！」

報應

夜裡兩位喝醉酒的男人一起回到自己的村子。「看，小偷從你家的窗戶進去了！」「小聲點，別出聲，讓他進去吧。妻子以為是我回來了，會給他顏色看的。」

好心點

深夜鄉間道上。一強盜惡狠狠地對醉醺醺酒鬼說：「要錢還是要命？要命，留下二兩銀子來！」酒鬼哆嗦著回答：「老爺，您留我半條命吧！給我留下一兩銀子，我明天還要打酒喝呢！」

發誓

一個酒徒腳朝天手撐地「走」進了酒吧間，大聲嚷道：「夥計，給我來一杯上等白蘭地。」掌櫃道：「你何苦這樣走路呢？」酒徒答：「我太太昨晚逼我發誓，今後決不再涉足酒吧了！我要信守諾言。」

父子酒鬼

有父子都是酒鬼。父親在外喝醉，回家盯著兒子生氣地說：「奇怪，你怎麼變三個了？這幢房子決不留給你！」兒子在家也喝得爛醉，頂嘴：「那更好！像這樣搖搖晃晃、來回打轉的房子，給我，我還不要呢！」

嚇一跳

醉漢走到野外非常高興地打開一裝滿寶貝的小箱子，寶貝上面放了一面鏡子。一眼看見鏡子裡面有一個人。他非常驚訝害怕，連忙拱手道：「我還以爲是一只空箱子，不知道有你在箱子裡，請莫生氣！」

報案

打報警電話的人自稱從夜總會出來後，發覺自己車裡的方向盤、剎車、加速器等等都讓小偷給卸去了。電話鈴又響：「實在對不起，先生，用不著來了。我是用車內電話打的。我喝多了，剛才一陣冷風吹來，我才發現自己原來是坐在車內的第二排座位上。」

公共汽車

一個酒鬼上了車，走到軍官身邊，說要買張車票。軍官沒理會他。說：「朋友，我不是售票員，我是海軍軍官。」「那麼」，醉漢答道，「把船停下來，我要搭公共汽車。」

還沒醒

一醉漢撞進了一間酒吧，叫道：「各位新年好！」

老闆提醒他：「現在都三月了！」

醉漢嘟嚕著：「哦！糟糕，我在外面遊蕩了這麼久。」

還沒到

一醉漢上了計程車，途中，司機發現醉漢把衣服一件一件全脫下了，便說：「先生，還沒到你的房間呢！」醉漢一聽惱火了：「你爲什麼不早說呢？剛才我已經把皮鞋脫在門外了！」

不安全

雙層汽車司機嫌醉漢話多，便請他到上層找個座位坐下。不

一會，醉漢就下來了。問其原因，醉漢說：「上面司機不在，不安全。」

趁早

有個酒鬼夢見一瓶美酒，便想把它溫熱了喝，正要跑進廚房熱酒，夢醒了。他非常懊惱地說：「可惜，可惜，剛才沒早點涼著喝掉！」

可惜

一蘇格蘭酒鬼，後褲袋裡插瓶威士卡在街上行走，不巧被車撞了。他邊起身邊摸口袋，感到有點潮濕。他嘀咕道：「天啊，但願那是血！」

鐵軌

兩個醉漢走在鐵軌上，一個抱怨：「這樓梯怎麼沒個完。」另一個哼了一聲說：「它的扶手還這麼低。」

專長

一個盲人乞丐戴著墨鏡在街上行乞。

一個醉漢走過來，覺得他可憐，就扔了一百元給他。走了一段路，醉漢一回頭，恰好看見那個盲人正對著太陽分辨那張百元大鈔的真假。

醉漢過來一把奪回錢道：「你不想活了，竟敢騙老子！」

盲人乞丐一臉委屈說：「大哥，真對不起啊，我是替一個朋友在這看一下，他是個瞎子，去上廁所了，其實我是個啞巴。」

「哦，是這樣子啊，」於是醉漢扔下錢，又搖搖晃晃地走了……

花瓶

醉漢走進一家商店買花瓶，見櫃檯上有一倒扣的杯子，拿起來看了看說：「這花瓶怎麼沒口？」然後將杯子翻過來看，又說：「怎麼連底兒也沒有！」

不停

一醉漢在牆角放聲大哭，巡警問他出什麼事了。

醉漢：「我想在這裡小便，不知怎麼尿個不停！」

員警過去一看，原來是牆角的水龍頭沒關。

重罰

一司機酒後駕車，被交警拿下：「酒後駕車，要重罰！」

司機回答：「罰就罰，說！罰三杯還是五杯？」

生意太好

去飯店吃飯，有個哥兒們中途去廁所，回來後很神祕的告訴我們：「這家酒店的生意太好了，連廁所裡都擺著兩桌！」

大夥正奇怪的時候，一夥人衝了過來，揪起那哥兒們就要打。問他們：「他又沒惹著你們，你們打他幹什麼？」

「打他幹什麼？我們飯吃得好好的，可是這傢伙跑到我們包廂裡撒了泡尿就走。」

先走一步

上回和幾個朋友出去吃飯，結果一個喝茫了，我就用摩托車送他回去，天冷，他被風吹的一直流鼻涕，他倒好，用手一擦然後往我身上一抹說：「看，我流鼻血了，快送我去醫院吧。」說完就不停的把鼻涕往我身上抹，接著還哭了起來：「我流了這麼多血，我就快死了，你快送我去醫院吧。」這還不算，後來到路口遇紅燈，我一停他就對著邊上的計程車車窗狂吐口水說：「我都吐血了，你都不送我去醫院，那我最後求你給我爸打個電話，就說兒子不孝，先走一步了。」說完還大聲的哭喊起來……

喝多了

大學同學晚上聚會，有一朋友喝多了，我們幾個扶他回宿舍。在路上他蹲著嘔吐，剛好有一輛摩托車從對面過來，車燈正對著我們，這是這個哥們吐完抬起頭來，說了一句：「這麼快啊，太陽出來了……」

告白

小李是小明的室友，性格靦腆，苦戀一美貌女生，卻始終不敢表露心跡，終日借酒澆愁。一日，酩酊大醉，向小明等哭訴其相思之苦。有朋友慫恿曰：「爲何不放大膽子去博一場？」眾人均鼓掌叫好。

小李頓時豪氣橫生，撥通電話，找到那個女孩，大聲說：「我愛妳，愛妳愛得都快要發瘋了……妳知道我是誰嗎？」

「不知道。」

「那就好。」

說罷，小李「啪」的一聲，掛斷了電話。

上鋪

有一哥們，啤酒喝茫了，他睡上鋪，好不容易把他扛到上鋪，後來我們睡下了，半夜這哥們居然掉床下了居然還沒有醒，這也就罷了，後來讓尿憋醒了，還以爲在上鋪，然後在地板上到處找床沿，還自言自語：「這怎麼就下不去呢？床怎麼就這麼大呢？」

已婚

某君好酒，一日在外喝的大醉，後攔一計程車回家，剛好駕車的是一位女士，某君上車後，就含含糊糊的說了地方，過了一會，他就開始解領帶，女司機以爲是他喝酒後熱的，就沒在意，可是他居然在解襯衣的扣子，然後脫下就放在前排的椅子上，這時女司機就停下車，問某君：「你幹什麼啊？想非禮啊！」某君大驚說：「妳是誰啊？在我家裡幹什麼啊？我是有老婆的！」女司機哭笑不得。

上廁所

我一死黨，有回喝醉了上廁所，半天沒回來，我去看，老兄正在拍女廁所門，大聲問：「喂，我說你們怎麼不開門啊？」嚇的裡面的小姐狂尖叫。他老兄看見我還問：「你們幾個在裡面幹什麼？爲什麼不給我開門哪？」

迷路

一人醉臥路邊，酣睡！醒來不知歸途，打電話讓老婆來接，老婆問所在何處，答：「大路睡在我身旁！」

親愛的

街邊，一條狗用罷醉漢身邊的美味，意猶未盡，一下一下舔醉漢的嘴。似醒非醒的醉漢說：「親愛的，別親了，等我睡一覺……」

划拳

某日喝酒，一哥們出去小便，扶著小樹，完事後，繫皮帶時把小樹繫在裡面，這哥們使勁掙脫，卻無濟於事，嘴裡還在說：「別拉我，咱們再划十二拳！」

回家

一位朋友，一日在某處飲酒，歸途中，忽不識路，電話至其夫人曰：「來接我回家。」婦人問：「你在哪？」我朋友道：「廢話！我知道在那，還打電話給妳？！」

確定

一個醉鬼走路不小心，一隻腳插進路邊的溝裡，繼續走……

一員警提醒：「兄弟你醉啦！」

醉鬼：「你確定我是醉了？」

員警：「確定！」

醉鬼：「你確定就好，我還以爲是自己腿瘸了哪！」

剛到

一醉漢從三樓滾到大街上，引來許多人圍觀。

這時員警走過來問道：「這麼多人圍在這裡幹嘛？」

醉漢答：「不知道啊，我也是剛到的！」

貼心

有個酒鬼有一天到別人家喝酒，喝在興頭上，對客人們說：「你們凡是路遠的，只管先回去吧，不要再陪著我了。」客人們聽他這樣說，都散去了，只有主人陪著他繼續喝酒。這人對主人說：「你也路遠，先回吧，別陪我了。」主人說：「我是這裡的主人，現在只有我一個人陪你了。」這人說：「你還要回臥室去睡，我今天就在這酒桌上睡了。」

好酒之徒

一個好酒之徒碰到一個朋友，死乞白賴地要到朋友家去喝酒。友人說：「我家太遠了。」

「不要緊，再遠也不過二三十里路吧。」

「我家很狹窄，不好待客。」

「能讓我有個地方張開嘴就行。」

「我家連酒杯都沒有。」

「我習慣整瓶喝！」

年份

有一個酒徒，每次飲酒必醉，醉了就到處嘔吐。一日酒醉，經過一家公館門口，酒湧上來，便直向那門口吐去。守門的喝道：

「你這酒鬼，怎麼對著人家門口吐？」

酒徒道：「誰叫你的門口正對我的口？」

守門人不覺失笑道：「我的門口做了很久，並不是今天才開

來對你的口的。」

酒徒指著自己的嘴巴：「老子這口也有二十年了。」

證明

員警把一名醉鬼送到門口，對他說：「這的確是你的家嗎？」

「如果你替我開了門，我就馬上證明給你看！」員警打開門帶他進去。

「你看見那架鋼琴嗎？那是我的，你看見那架電視機嗎？那也是我的。」他們又上二樓。

「這是我的睡房，你看見那張床嗎？睡在那張床上的女人是我的太太，你看見和她睡在一起的人嗎？」

員警疑惑地說：「怎樣？」

「那就是我。」

急什麼

有一回，酒鬼到酒家去喝酒，喝了老半天。僕人催促他快回家去，說：「天陰下來，快要下雨了，趁在下雨之前走吧。」

酒鬼杯不離手地說：「下起雨來，躲還來不及，走什麼？」

果然，雨下起來，好一會兒才雨過天晴。

僕人又催：「天晴了，快回家吧。」酒鬼說：「既然晴了，那還急什麼？」

胡不了

大學時一哥們兒，一次喝多了，嚷著非要我們陪他打麻將不可，幾圈下來，他便趴在桌上呼呼大睡了起來。我們幾個朋友費盡

了九牛二虎之力，好不容易才將他弄上了車。到了十字路口，遇上紅燈，這哥們兒突然醒了，他眯縫著眼睛，指著紅綠燈笑了起來，「咦？我說怎麼老是胡不了牌，原來三筒都跑到這裡來指揮交通了！」說完，又倒下去繼續大睡……

缺德

老家有個老鄰居，一天喝茫了，晚上進院子看到自家菜園子裡的滿園子蔬菜就開始罵開了：「啊？我不在家你們也不知道給地除除草？看這地荒的！」這老先生是邊罵邊幹活。等到第二天早上一覺起來看到已經沒了一棵蔬菜的菜園子呆了，自己在園子裡一邊轉圈一邊叨咕：「我沒得罪誰啊？誰這麼缺德啊？怎麼把我的地弄成這樣了？」

保證有笑笑到
皮皮剉
ROFL
Rolling On the
Floor Laughing

Chapter.05

Rofl Rolling On The Floor Laughing

長官們的
爆笑發言

慢慢來

某長官來視察，和顏悅色地對著一個正在打字的同事說：

「不用急，慢慢來！最重要是：快！」

不好說

某長官視察監獄，對犯人說「我的公民們」但想到進監獄就不是公民了，改口「我的囚犯們」仍覺不妥，最後說「很高興看到你們這麼多人在這裡」。

練得好

部長：「大家好！」

士兵：「部長好！」

部長拍一士兵的胸部說：「這肌肉練得多好！」

士兵：「報告部長，我是女兵。」

不滿

小張：「科長，對批評您不介意吧？」

科長：「絕不，反而很喜歡。」

小張：「是啊，真誠的批評好處很多。」

科長：「重要的是我想知道誰對我不滿。」

遣散費

公司在新的一年裡準備要遣散幾個人，開會時老闆在臺上講話，稿子是祕書寫好了的，其中有一句：「關於離職人員我們給予一次……」停頓幾秒翻頁，而後繼續：「性生活補助兩千元！」

跟不上

校長和英語老師一起去法國某中學訪問，校長在禮堂講話，英語老師做翻譯。

校長：「各位老師們，同學們！」

英語老師：「ladies and gentlemen！」

校長：「各位女士們，先生們！」

英語老師，想了下說：「Good morning！」

校長：「早安！」

英語老師：……

照慣例

某總統專機飛過太平洋時，遭遇風暴，飛機地板被掀去，總

統與一干隨從保鏢反應敏捷，牢牢抓住能抓住的東西，都吊在高空飛行的飛機上。大家咬牙切齒，使出吃奶的勁，緊握不放，就像烤鴨架上的鴨子一樣晃來晃去。但大家都還有一種劫後餘生的暗喜。

突然，一道雷電擊中飛機，飛機成了滑翔機，慢慢往下滑落。有經驗的飛行員說，飛機載重過大，如果載重輕一百公斤的話，應該可以有拉起的希望。

大家面面相覷，但最後都無聲地注視著肥胖而又年邁的總統。

總統明白了大家的意思，想了想，說：「好吧，不過我還有幾句話要說。」

大家臉上露出了幸福的微笑，洗耳恭聽，思索著怎麼回去傳達這些話。

總統清了清嗓子，頓了一下，說：「我的話說完了。」

大家照例啪啪地鼓起了掌。

……

於是總統安全的返航了。

男女有別

某單位安排參觀古蹟並洗溫泉：「大家注意，上午女同事洗澡，男同事參觀。下午男同事洗澡，女同事參觀。」

難度

學校開運動會，小強的班級在入場式上集體舞了一段「太極劍」煞是好看、非常轟動。「最佳入場式獎」眾望所歸地給了小強他們班，校長發表講話說：「一人獨劍並不難，難的是全班集體劍，還劍得那麼整齊！」

Chapter.06

Rofl Rolling On The Floor Laughing

爆笑醫生

集錦

醫生

醫生檢查了一番說：「你這是盲腸發炎。」

病人：「醫生，請您再查。」

醫生：「你是醫生還是我是醫生？」

病人：「您是，可是我的盲腸已經切掉了！」

買酒

酒鬼：「醫生，我沒錢買酒了，幫幫忙，給我開點藥酒吧。」

醫生：「藥酒沒有，只有別的酒。」

酒鬼：「行，我反正什麼酒都能喝。」

醫生：「碘酒怎麼樣？」

酒鬼：「……」

效果

病人：「我失聰了，連自己放屁聲都聽不見了。」
醫生：「吃這個藥或許有些用。」
病人：「吃這藥耳朵就好了？」
醫生：「它會讓你屁聲大一些。」

安眠藥

病人：「我家門外的狗整晚叫，我要瘋了。」醫生開了些安眠藥。一週後病人更憔悴，說「我追了五天才追到狗，但牠怎麼都不吃安眠藥。」

不一樣

祖母和孫女在診室裡。「解開衣服」，醫生對漂亮的小姐說。

「不，大夫」老太太說，「我才是病人」。

「是嗎？那麼伸出舌頭。」

數量有誤

一個人找到醫生說：「大夫，我每天從您這裡取的這付中藥數量怎麼有多有少？」

醫生說：「沒關係，反正是你一個人用。」

蛀牙

牙醫：「你的牙上有個大洞！有個大洞。」
病人：「是有個洞，可是你也不用說兩遍呀。」
牙醫：「我只說了一遍。那是回音，是回音。」

喜歡

牙科醫生：「你喜歡在你的牙洞裡用什麼作為填充物？」
病人：「巧克力！」

牙科醫生

牙科醫生：「你能不能幫幫忙慘叫幾聲？候診室裡還有那麼多病人，我怕趕不及四點鐘去看球賽。」

職業病

一個拳擊運動員對醫生說：「我失眠了有什麼辦法能治？」

醫生：「你在睡前數數從一數到九十九就行了。」

運動員：「這辦法我試過，但每當數到九我就會從床上跳起來。」

懷疑

「我有點不明白，」她說，「我比約定時間早來五分鐘，你馬上給我看病，看的時候又那麼長。你的吩咐我每句話都聽得懂。我連你寫的藥方每個字都能認得出。你究竟是不是真的醫生？」

像真的一樣

「醫生，我的假牙裝得好嗎？」

「好極了，你又可以像以前那樣無所顧忌地大嚼東西了。」

「不，我關心的是不是它看起來像真的一樣？」

「非但看起來像，就是痛起來也像真的一樣。」

不同方法

醫生問病人哪不舒服，病人：「既然你收了診金，那就該由你來找！」醫生：「好吧，我去請位獸醫來。只有這傢伙才能不向病人提問就做出診斷。」

按時服藥

一人看完病，醫生遞給他一張開好藥的處方：「請把這個處方收好。每天早上服一次，連服三天。」回到家裡，把處方仔細地裁爲三張。每天早上他都按時吃一張。

良藥

「你得了一種罕見的傳染病，」醫生對病人說：「我們準備把你隔離，你只能吃薄煎餅。」「薄煎餅能治我的病嗎？」「不能，因爲門縫下只能塞進去薄煎餅。」

棒球選手

一個男人得了棒球執著病，心理醫生正爲他治療。「事情壞

透了，我完全睡不著覺。一合眼我就看見自己成了投手，或者滿場跑壘，這樣我起床時比上床時更疲憊不堪。我怎麼辦？」患者說。

「你爲什麼不試著幻想擁抱著一個美麗的姑娘？」醫生說。

「你瘋了嗎？那我怎麼擊球？」

心臟

醫生大叫：「快來，快來，我幹了二十年了，今天總算碰上一個——看，心臟是不是長右邊了！」病人扭過頭：「不可能吧，怎麼從沒人跟我說過？」「靠，誰讓你背對著我的，給我轉過來！」

很嚴重

一位病人來找精神科醫生：「醫生，怎麼辦？我一直覺得我是一隻母雞。」

醫生：「喔？！那很嚴重呀，怎麼現在才來求醫？」

病人：「因爲最近我的家人在等我生蛋啊！」

啤酒瓶

一精神病人患盲腸炎要到醫院開刀，醫生想趁這機會消除他胃裡有個啤酒瓶的幻覺。手術後，醫生高舉一個啤酒瓶說：「我們總算把它拿出來了。」

「你們拿錯了，我肚子裡的啤酒瓶不是這個牌子的。」

取消預約

一位重病人去找一位名醫看病，護士：「起碼要三個星期後才能輪到你。」

「說不定我活不到那個時候呢！」

「哦，那沒關係，」護士說，「到時候，你可讓家裡人代你取消預約。」

怎麼可能

病人：「醫生我的耳朵裡長了一枝鬱金香！」

醫生：「這怎麼可能？」

病人：「我說的也是。當初明明在裡邊種的是胡蘿蔔種子嘛！」

經驗

青年醫生：「我明天就要掛牌營業了，您能否向我傳授一些經驗？」

中年醫生：「帳單要寫得清楚些，而藥方不妨寫得潦草一點。」

不必擔心

某病人在上手術臺前問醫生：「一旦手術失敗，你會因此而受罰嗎？」

醫生答曰：「會扣我一個月的獎金。不過您不必擔心，我昨天炒股票剛賺了四千元！」

生病

女孩暗戀醫生，每天都去找這位醫生看病。可是，這一個星期都沒出現，醫生正覺得奇怪時，她終於又出現在醫院門口了。醫生很好奇地問她爲什麼這幾天都沒來?女孩答道：「因爲我生病

了。」

推拿術

「師傅，我照您的推拿術，才推了幾下，病人就受不了跑掉了。」

「沒關係，我再教你幾手擒拿術，病人就跑不了了。」

打針

病人去醫院打針，一進門就表揚護士：「昨天妳打的針一點都不疼，技術真好。」

他請護士再給他打一針，卻遲遲不見護士動手，他提著褲子問：「妳在幹什麼？」護士說：「我在找昨天那個針眼。」

雙胞胎

一位婦產科的護士問一位醫生：「不知您有沒有注意到，最近有許多雙胞胎出生，這是什麼原因呢？」醫生想了想，說：「這是因爲最近社會治安太差了，他們不敢一個人出門。」

便宜的方法

醫生：「大約要花八萬塊錢，手術後您會年輕得像少女。」

客戶：「那也太貴了！有沒有便宜的方法？」

醫生：「一個眼部去皺手術，再加阿拉伯面紗和頭巾。只需要五千塊錢，也足以讓妳迷住男人。」

夢境和現實

患者：「昨晚做了個夢，夢見我是一頭牛在吃草。」

醫生：「你放心，這很正常，每個人也會夢到，夢境和現實是不一樣的。」

患者：「可是我肚子難受……而起床時發現我床上的草席不見了一半……」

一次檢查

有人看病，醫生吩咐檢查小便。從家裡提來滿滿一大瓶。醫生檢查後，寫上了「並無異常」。回到家裡，他宣佈：「我沒有糖尿病，你也沒有，爸爸、媽和孩子們全都沒有。」

罵不成

醫生不學無術，病家花費不少總是治不好病，主人就叫僕人去罵醫生，半天才回來，主人問罵過了沒有，僕人說：「沒有。」

問：「爲什麼不罵？」

答：「我看到打他罵他的人一大堆，我擠不上去，沒罵成。」

兩次麻醉

大夫：「我給了這位太太兩次麻醉。」

同事：「兩次？那是爲什麼？」

大夫：「第一次爲的是手術，第二次爲的是她不談這次手術。」

X光檢驗

病人很擔心自己的腦袋。經X光檢驗後，他問醫生：「X光顯示我腦部有什麼嗎？」

醫生：「什麼也沒有。」

「真的這麼嚴重！」

原來如此

「我睡覺的時候，嘴巴總是合不攏，太痛苦了。」醫生觀察了一會兒，對病人說：「實在抱歉，沒有任何藥能解決你的問題。因為你目前的肥胖，使你的皮膚顯得太少，當你一閉上眼，你的嘴巴就被拉開了。」

熱心

一個頭髮稀疏的人去找醫生，說：「您能不能給我點什麼，使我保留我的頭髮呢？」

醫生熱心地說：「拿去吧。」說罷，遞給他一個小塑膠盒。

解決方法

「我太痛苦了。在夢裡我總是看見成群的鬼蹲在我家的柵欄上，每天晚上免不了如此，我該怎麼辦呢？」醫生問：「你的那些柵欄是木頭的嗎？」病人點點頭。醫生乾脆地說：「趕快回去，把柵欄削尖！」

禮物

醫生給神父拔牙，對他說：「復活節就到了，不收您的錢，當做我送給您的節日禮物吧。」神父說：「這也好，不過，請您千萬不要對別人說起此事！不然的話，教區裡其它的人就會都不給我送過節禮物，而都來拔我嘴裡剩下的牙齒了，那可怎麼辦！」

準備

小明生病了。老爸忙著打電話告訴醫生。「醫生。在你來以前。我該先做那些準備呢？」「把錢準備好。」醫生十分肯定的回答

紅蘿蔔

「醫生，請問一下聽說吃紅蘿蔔可以預防近視是真的嗎？」

「你懷疑啊！…你有看過小白兔帶眼鏡嗎？」

名醫高手

有個醫生沉默寡言，可是他既不叫病人開口，自己也不說話，就動手治療。

鄰居們對他夫人說：「您先生真是名醫高手，您臉上多光彩啊。」

夫人說：「是不是名醫我不知道，不過以前很長時間，他一直是幹獸醫的。」

查明真相

醫生：「坦率地說，你的病真叫我們傷腦筋。不過我們會在屍體解剖時查明是什麼病的。」

好朋友

一位病人去找他的心理醫生說：「大夫，想想我的處境吧，我最好的朋友跟我的太太一起跑了，他們已經走了一個多月了。我想念我的朋友多難受啊。」

從來沒有

「醫生，我吃了這些藥丸後會好些嗎？」

「從來沒有病人回來說過……」

方式不對

一個鼻子插著黃瓜，左耳插著胡蘿蔔，右耳插著香蕉的病人去醫院看病。他問醫生說：「醫生，我到底出什了什麼毛病？」

「這很明顯，」醫生自信地回答說，「你吃東西的方式不對。」

診斷書

一個中年婦女到醫院去看病，當醫生問她的年齡時，她說：「已滿二十了。」醫生聽了這話，在診斷書上寫道：「口齒清楚，已失去記憶力。」

良心不安

病人對醫生說：「我行爲不檢點，醫生！我的良心一直困擾不安。」

醫生理解地說：「那你一定需要些什麼東西來增強你的意志力。」

「其實啊……」病人說，「我更想知道要什麼東西可以減弱良心。」

餿主意

「關於你的病情，你來這兒之前請教過什麼人嗎？」醫生問。

「只問過拐角上藥房的老闆，」病人回答說。

醫生說：「那個傻瓜給你出了什麼餿主意了？」

「他讓我來找你。」

戴面罩

病人被推進手術室，看到醫生護士都戴著面罩，便緊張地問：「你們爲什麼都戴面罩啊？」「萬一出了差錯，你誰也認不出啊。」

怪病

病人把食指碰碰頭又碰碰腹部：「我碰這兒痛，碰這也痛，我到底得了什麼怪病呢？」

醫生回答：「我想你是食指骨折了。」

從頭說起

病人：「我周圍人居然不認可我的身份！氣死我了！」
醫生：「別著急，請您慢慢從頭說起？」
病人：「好的，在最初的六天，我創造了天與地⋯⋯」

不好找

年輕人不小心吞下乒乓球，進醫院。他要求局部麻醉以便能清醒地看到手術過程。醫生這開一刀，那兒開一刀，雜亂無章。
「爲什麼你在不同的地方切這麼多刀呢。」
「因爲乒乓球總是在你的肚子內彈來彈去。」

勇敢

「您能告訴我嗎？爲什麼您從手術室裡跑出來？」院長問一個萬分緊張的病人。

「那位護士說：『勇敢些，闌尾手術很簡單！』」

「這話難道不對嗎？」

「唉！可是這句話是對那個正準備給我動手術的大夫說的！」

只缺一樣

醫生在徹底檢查完了之後說道：「你的健康狀況糟透了！你眼裡有水，腎裡有石頭，動脈裡有灰……」

「現在你只要說：我腦袋裡有沙子，那麼我明天就開始蓋房

子！」

治療

修女滿臉怒氣從診所裡衝出來，錢也未付就走了。「我給她檢查了一下，然後告訴她說她懷孕了。」

「醫生，」接待員叫道，「那不可能！」

「當然不可能，」醫生答道，「不過，這樣就治好了她的打嗝。」

無人反駁

病人的家屬問：「你究竟會不會看病？」

醫生說：「那當然，我看過的病人，從沒有說過我不好。」

這時，路過這家診所的一個人說：「難道那些死人會開口嗎？」

換面

護士：「醫生，不好了！剛才那個病人吃了我們給她的藥，一出診所就暈倒了！」

醫生：「趕快，把她的身體翻個面，擺成是剛剛進門的樣子！」

拿手

「這樣吧，你回去洗一次熱水澡，然後在室外走動兩個小時，但一定不要穿衣服。」

「這樣就能治我的病嗎？」

「不。不過，這樣你准能染上肺炎，而我們對肺炎從診斷到

治療都是最拿手的。」

報復

牙醫每次給病人手術前總要同他們談一會兒話，解除他們的緊張感。同一位當員警的病人談了幾句後，便問他是否有什麼問題。「我只有一個問題，」員警不安地說，「我從沒給過你罰單吧，是不是？」

多少錢

病人：「拔一顆牙要多少錢？」

醫生：「三千元。」病人：「您可真會賺錢，三秒鐘就要賺三千元。」

醫生：「如果您願意的話，我可以用慢動作來給您拔牙，那麼可以拔上半個小時。」

根治

「我晚上老是睡不著，躺在床上，總感覺床下有人；躺在床下，又感到床上有人，如此上上下下，真把人折磨死了！」醫生聽完她的話，立即給她提供了一個醫治妙方：「將四條床腿鋸掉！」

增強記憶

病人：「謝謝你，醫生。謝謝你昨天把增強記憶的辦法教給了我。」

醫生：「噢，有這回事嗎？」

催眠曲

醫生深夜三點被電話鈴聲吵醒。話筒裡傳來哀求的聲音：

「醫生，我的失眠症又犯了，請問該怎麼辦？」

醫生惱火地說：「抓緊話筒，聽我給你唱一首催眠曲！」

拳擊比賽

一人在整個拳擊比賽中，一直眉開眼笑。他身旁的人問他：

「你也是拳擊師嗎？」回答道：「不，我是牙科醫生。」

獵人

老獵手穿套寬條黑白相間、十分顯眼的帆布服去獵鹿。不料，他被新手射傷；醫生：「傷者身上的寬條子大家老遠便可以看見，爲什麼你只隔三十公尺，還對他開槍呢？」新手說：「我以爲他是斑馬！」

生病

「醫生，請你不要說什麼醫學名詞，簡單明瞭他說我生了什麼病就行。」

「好吧，簡單明瞭地說你得了懶病。」

「那麼，現在請你把那個醫學名詞告訴我，我好回去向老闆交代。」

病因

醫生給妻子看病，他把醫生請進裡屋。不久，醫生探出頭來問：「有螺絲刀嗎？」一會兒，又要鉗子。接著，又要錘子。

這人終於忍不住了：「我妻子到底得了什麼病？」

醫生：「不知道，我的藥箱還沒打開啊！」

不同科

某君住院，第一天是眼科，第二天是喉科，第三天是呼吸系統，第四天是消化器官。第五天進病房的是一個帶著鐵桶、布片和刷子的人。病人不安地問：「今天還要檢查什麼？」「不，我是來擦玻璃窗的。」

頭一回

躺在手術臺上的患者，不安地對年輕醫生說：「我很害怕啊，這是我平生頭一回開刀。」醫生回答說：「我也是平生頭一回開刀呀。」

心律不整

護士：「醫生，你說黃先生一切正常，爲什麼我每次給他作檢查時，他總是心律不正常？」

醫生：「把妳胸前衣服的扣子扣好，他就正常了。」

五分鐘

從醫院婦產科病房裡有句標語：「生命的最初五分鐘是最危險的。」有人在後面加了一句：「最後五分鐘也十分危險。」

姐夫

「我是個窮人，我只有一個姐姐，她是一個修女，也很窮，請你把我安排在三等病房好嗎？」

「修女可不窮，因爲她和上帝結婚。」

「那好，就請您把我安排在一等病房吧。等我出院時，您把住院費的帳單給我姐夫寄去就行了。」

感覺

一人去看心理醫生，自稱被同伴輕視。醫生：「你憑什麼會有這種感覺呢？」

該人：「很多人見過我都認不出我，或者記不起我的名字！」

醫生：「不至於這麼嚴重吧，啊！又忘了，剛才你說你姓什麼？」

老天幫忙

醫生：「你太幸運了，你能康復全靠老天幫忙。」

住院病人：「你說我康復是老天幫助？謝天謝地，本來我還以爲要付錢給你呢？」

一定有用

「上帝既然把盲腸賜給人，那就一定是有用的……」

「當然有用，」醫生說，「要是人類沒有那討厭的盲腸炎，我靠什麼買汽車，送女兒到國外留學？」

運氣不錯

兩個醫生碰面，其中一個矮個子滿臉陰鬱。

「怎麼了？」另一個問，「你剛治好了一個疑難病人，很成功嘛。」

矮個子說：「我實在想不清，究竟是用什麼藥把他治好了。」

用腳踢

小夥子把醫生撞倒了。醫生大怒，舉手就要打。小夥子忙說：「您用腳踢我吧！請千萬別用手打。」

醫生問：「爲什麼？」

小夥子說：「人家說您用腳踢喪不了命，可是一經您的手就沒命了。」

果然厲害

「醫生說，他用兩個月的時間就可以使我下床。」

「那他做到了沒有？」

「在第五天他就使我下床了……」

「怎麼回事？」

「他給我看了住院費用的單據……」

手術臺

主任醫師大發雷霆：「這已是你這個月裡損壞的第三個手術臺，史密斯先生！請你以後開刀不要開得這樣深！」

急診

急診部門口掛著一個指示牌，用很長的篇幅列舉了各種細則，在哪兒找看護，怎樣聯繫。看護來之前做些什麼等等。最後寫著：如果你真有時間把這個細則讀完，那麼你的病就不是急診，明天上班後再來吧。

決定

「我真不明白怎麼回事。住院後，一個說我是闌尾炎，另一個說我是膽結石。」

「結果是他們爭論不休，互不相讓。最後只好用猜硬幣正反面的辦法決出正誤。結果把我的扁桃腺割了。」

彈鋼琴

「醫生。」他萬分焦急地問，「我的手治癒後，能不能彈鋼琴啊？」

「一定可以，」醫生向他保證。「那，這倒是個奇蹟。醫生。我以前從來不會彈。」

先後順序

醫生治死了人，被人捆綁住送官府。夜裡乘人不備，醫生掙脫繩索，游水過河逃回家中。見到自己兒子正在讀診脈之書，便忙說：「兒子啊，讀書還可以緩一緩，還是先學會游泳更重要。」

鎮靜

醫生為了使拔牙的病人鎮靜下來，叫他喝一杯酒。接著他又喝了一杯。「好了吧？鼓起勇氣來！」醫生鼓勵道。

「哼！」病人拉開架勢，喊道：「看你們誰敢動我的牙齒！」

車禍

剛手術完醒來的病人問：「我怎麼了？」

醫生回答說：「您遇到了車禍，剛手術過。」

「那我是在醫院了？」病人說。

醫生回答：「準確的說，是您的大部分在醫院裡。」

名字

醫生對護士說：「你去問那位受傷太太的名字，好通知她家裡。」

護士一會兒回來後說：「病人說不用了，家裡人知道她的名字。」

藥效不錯

醫生：「上次給你開的藥對你有幫助嗎？」

病人：「好極了，我的叔叔把藥當成他的了，服用不久便死了，我變成了他那一大筆財產的繼承人。」

規律

醫生：「請問您大便規律嗎？」

老頭：「很規律，每天早上八點鐘準時大便。」

醫生：「那還有什麼問題？」

老頭：「問題是我每天早上九點鐘才起床。」

找不到

醫生：「我想給你開藥方，可是怎麼找不到我的筆了呢？」

病人小心地提醒：「醫生，你不是把它放進我的胳肢窩裡了嗎？」

服藥

醫生：「喂！快醒醒！」
病人：「什麼事？」
醫生：「時間到了，該服安眠藥了。」
病人：「啊，我差點忘了。」

樂觀

「醫生，醫生，我在吹口琴時，不小心把它吞下去了。」
「喔，樂觀些讓我們來採取補救措施吧！對了，現在你可以改彈大鋼琴。」

新版

一醫學院學生問圖書管理員：「有沒有解剖學最新的書刊？」

「解剖學還要最新的，難道說最近幾年人類的骨骼又出現什麼新變化嗎？」

奉藥

一醫遷居，謂四鄰曰：「向來打攪，無物可做別敬，每位奉藥一帖。」

鄰舍辭以無病，醫曰：「但吃了我的藥，自然會生起病來。」

止痛片

某醫院急診室送來一位病人。病人痛得厲害，服了一片止痛藥，仍疼痛不止。家屬問：「藥爲什麼不見效？」

醫生一邊診斷一邊說：「噢，原來他患的是胃穿孔，止痛藥可能從穿孔的地方漏出去了……」

危在旦夕

「我有壞消息告訴你，」醫生對病人說，「你危在旦夕。」

「天啊！」那人驚惶地說，「我還能活多久？」

「十……」醫生說。

「十什麼？」病人插嘴，「十天？十個月？十年？」

「九，」醫生說，「八，七，六……」

急救醫生

緊急護理課以後。路上看到一個人躺在汽車的旁邊一動也不動，就問道：「我是醫院的緊急救護醫生，我可以幫你嗎？」躺在地上的那個人動了一下身子，說道：「好吧，你能幫我醫好這個沒氣的輪胎嗎？」

一百歲

某人問醫生：「請問醫生，我怎樣才能活到一百歲？」

「第一，戒酒。」「我從不喝酒。」

「第二，戒色。」「我一點不討女人喜歡。」

「第三，少吃肉。」「我是個素食者！」

「那麼您爲什麼想活這麼久呢？」

完全沒關係

「不管你治好或治死她，你都可以不必打官司便可拿到錢。」醫生悉心醫治，病人還是死了，醫生要求家屬付診費。

「你治好了她嗎？」

「沒有。」

「那你把她治死了！？」

「當然沒有！」

「那麼，我就不欠你分文。」

老毛病

醫生做不出診斷，於是小心翼翼地問病人：「請告訴我，這毛病您以前也有過？」「是的。」病人答，醫生說：「那麼就清楚

了，您的老毛病又犯了。」

業績

「我們這裡有個規定，哪個醫生看死一個病人，就在他的診所裡放一個氣球。」

找到一家只放十個氣球的診所。醫生說：「到後面排隊去，我今天才開診，真太忙了。」

必有所因

病人：「大夫，你真的認爲我得的是肝炎嗎？有時候，醫生按肝炎治療，病人卻死於其它的病。」

醫生：「我治療肝炎時，病人就死於肝炎。」

老問題

「大夫，你一定得幫助我。」他懇求道，「我那種非偷不可的老毛病又犯了。」

「哦，看在老天的份上。」精神科醫生回答說，「就偷兩只菸灰缸，到早晨再給我打電話吧。」

刺激

「你的血壓很高。」醫生在爲病人做完檢查後說。

「大夫，這我猜得到，這肯定是因爲我的釣魚引起的。」

「釣魚怎麼會使血壓升高？依你之見怎麼才能使血壓下降呢？」

「這好辦，這只要不在禁止釣區釣魚。」

頭一遭

一醫生對女兒說：「我說你那男朋友是個沒出息的傢伙，這話你告訴他了嗎？」

「我對他說了，他一點也不生氣，他說你誤診也不是頭一回了。」

死因

「請告訴我他死去的原因吧。」

「太可怕了，經解剖發現，他是暴飲暴食死的。」

「啊，難道他就沒想到這可怕的後果嗎？」

「唉，真遺憾，」醫生回答，「我忘記解剖他腦袋了。」

酒量

戰士：「爲什麼要擦酒精？」

護士：「這樣給你打針時你屁股不疼。」

戰士：「可是我屁股還是疼的要命。」

護士：「那肯定是你的屁股酒量好。」

營養成分

醫生對病人說：「您需要多吃些魚，因爲魚身上含有較多的磷。」

「大夫，可是我只是想請您幫我把病治好，而並不想在夜裡發光！」

無能為力

「聽說您這兒，可以診斷禿頂病因？能幫我瞧瞧嗎？」

「哦！我明白你的病因了，珠穆朗瑪鋒頂上長毛嗎？沒有。那是因爲高山缺氧，所以你的病情恕我無能爲力。」

門診費用

「爲什麼您在給病人看病時，總要特別詳盡地詢問他常喝什麼酒，根據酒的牌子就能判斷病人的健康狀況嗎？」

「不，當然不是。但是根據酒的牌子可以判斷病人的經濟狀況，然後依此來確定門診的費用。」

同行

護士爲患者注射完畢，問道：「你是做什麼工作的？」

患者回答說：「和你一樣。」

「噢，那麼說我們是同行了。」

「不！我們是同工種不同行，我是釘鞋的。」

特質

「大夫，我丈夫的智力出現了一種怪毛病。有時，我跟他談了好幾個鐘頭，可是突然發現，他一點兒也沒聽進去。」

「太太，這不是毛病，您丈夫真幸運，他具有男人最稀有的品質之一。」

名醫看病

找名醫看病，名醫給他看完病開藥時說：「大的一天吃兩片，小的一天吃一片。」回家的路上，暗暗稱讚道：「名醫果然名不虛傳，他不但給我看了病，還知道我有兩個孩子，一個『大的』，一個『小的』。」

何時開始

一個精神病患者向心理醫生報告自己的病情。「我總懷疑自己是條狗。」

「你有這樣的想法多長時間了？」

「從我還是條小狗的時候就開始啦。」

不可能

病人：「我作了闌尾手術之後，體重減輕了差不多十五公斤。」

外科醫生：「瞧你說的，哪有十五公斤重的闌尾。」

精神病院

正是醫科大學五年級實習階段，大家分在不同的醫院，較少機會見面。一日，一女生忽見兩男同學，便問：「你們從哪兒回來？」

答曰：「從精神病院！」

暈藥

「我開的安眠藥粉你給他吃了嗎？」

「是的，醫生。您說，應該給他吃像十美分那麼多的藥粉。可是我沒有十美分一個的硬幣，於是我用十個一美分的硬幣來量給他吃，他直到現在還睡著呢！」

健仁診所

聽說高速公路下有一家「健仁診所」那麼它的總機小姐接電話的時候會聽到：「喂！賤人嗎？」總機小姐爲了反制，必須搶在前面先問：「喂！賤人！」「賤人！找哪位？」「賤人！預約掛號嗎？」

多休息

「你這左眼病情不輕，眼珠黑白不清，可能是精神系統紊亂。」

「大夫，我這左眼是假眼，主要是看右眼。」

「怪不得左眼無神，至於右眼嘛，唯一的治療辦法是多休息，一隻眼哪能過分勞累呢。」

長髮少年

「你哪兒不舒服？眼科醫生問一個長髮少年。」

「醫生，我有些視力不好。」

「是啊，我根本看不見你的眼睛，你去理髮館掛號吧，然後再到我這裡來。」

浪費

病人：「大夫，我舌頭紮了根刺！」
大夫：「怎麼紮的？」
病人：「一瓶酒灑在地板上了……」

太晚了

幫醫生送專業用品去醫院，包括一副骨骼標本。

在一個十字路口，注意到鄰車道上的司機對車後座上的東西很好奇，於是乘還未變燈解釋道：「我送它去醫院。」

那位司機遺憾地說：「恐怕太晚了點吧！」

電梯

患者妻子：「大夫，幫幫忙吧！我丈夫出了公傷，總以爲自己是電梯。」精神病科醫生：「把你丈夫帶來，我們馬上給予治療。」患者妻子：「我無法把他帶上來，他說他是高速電梯，這層不停。」

保證有笑：笑到皮皮剉！ （讀品讀者回函卡）

- 謝謝您購買本書，請詳細填寫本卡各欄後寄回，我們每月將抽選一百名回函讀者寄出精美禮物，並享有生日當月購書優惠！
  想知道更多更即時的消息，請搜尋"永續圖書粉絲團"
- 您也可以使用傳真或是掃描圖檔寄回公司信箱，謝謝。
  傳真電話：（02）8647-3660　　信箱：yungjiuh@ms45.hinet.net

◆ 姓名：　□男　□女　□單身　□已婚

◆ 生日：　□非會員　□已是會員

◆ E-Mail：　電話：（　）

◆ 地址：

◆ 學歷：□高中及以下　□專科或大學　□研究所以上　□其他

◆ 職業：□學生　□資訊　□製造　□行銷　□服務　□金融
　□傳播　□公教　□軍警　□自由　□家管　□其他

◆ 閱讀嗜好：□兩性　□心理　□勵志　□傳記　□文學　□健康
　□財經　□企管　□行銷　□休閒　□小說　□其他

◆ 您平均一年購書：□ 5本以下　□ 6～10本　□ 11～20本
　□ 21～30本以下　□ 30本以上

◆ 購買此書的金額：

◆ 購自：　市(縣)
　□連鎖書店　□一般書局　□量販店　□超商　□書展
　□郵購　□網路訂購　□其他

◆ 您購買此書的原因：□書名　□作者　□內容　□封面
　□版面設計　□其他

◆ 建議改進：□內容　□封面　□版面設計　□其他
　您的建議：

剪下後傳真、掃描或寄回至「22103新北市汐止區大同路三段194號9樓之1讀品文化收」

廣告回信
基隆郵局登記證
基隆廣字第 55 號

221-03

新北市汐止區大同路三段 194 號 9 樓之 1

讀品文化事業有限公司　收

電話/(02)8647-3663　傳真/(02)8647-3660

劃撥帳號/18669219　永續圖書有限公司

請沿此虛線對折免貼郵票或以傳真、掃描方式寄回本公司，謝謝！

讀好書品嘗人生的美味

保證有笑：笑到皮皮剉！